魔豆

乙女Game
公主是隻熊！
1
醉琉璃——著
夜風——插畫
SSR
Bearly a Princess!

乙女Game公主是隻熊！1

目錄

楔子

亞倫泰王國的螢火大草原上，一抹矮小身影正在火速狂奔，活像火燒屁股一樣。屁股後面沒火，只有一堆危險系數高的魔物。

蛇女、狼人、牛頭怪、豺妖……無一不是來勢洶洶，咧著血盆大口，口水不時從嘴角淌落，眼裡全是貪婪的食欲。

它們追逐的目標，赫然是一隻熊寶寶。

短短的手腳，毛茸茸的淺色微鬈毛髮，還有頭頂上的圓圓耳朵，不管怎麼看都是一隻熊。

除了那熊是用雙腳在跑、披著紅斗篷、側揹一個小包包，背後還有雙肩包，手裡更握著一個與這世界格格不入的科技產品。

——手機！

當然，在魔物眼中，那就只是個扁平的長方小盒子。

而對小熊來說，則是能救她小命的東西。

小熊回頭望了一眼身後，這一看，嚇得她眼淚又要噴出來了。

救命啊！媽祖啊、玉帝啊、關公啊、觀世音啊……隨便哪路神明，拜託快來救救我！

嗚嗚嗚，眞的太過分了……別人家女主角穿越到遊戲，不管穿的是反派大小姐、貴族千金，或是斷頭台公主……

起碼穿的都是人，還是美人！

爲什麼我穿就是一隻熊！

「小蘇，妳說爲什麼啊啊啊啊！」小熊對著不在場的最好朋友聲嘶力竭地嚎，「是我課得不夠？愛得不深？信仰不虔誠？還是純粹我、太、衰！」

沒有一起穿過來的朋友自然無法回答她。

但假如朋友本尊在場，只會語重心長地告訴她——

人要懂得認清自我，玄不救非、課不改命，妳衰就是妳衰。

小熊現在就是絕望，很絕望。

她明明只是個二十七歲、無不良嗜好的自由插畫家，生平最大樂趣是玩抽卡類型的乙女手遊。

她就只是想抽個卡，抽出她心心念念的五星角，誰知這一抽便掉進「爛漫星光之戀」遊戲裡。

爛漫星光之戀，簡稱「星戀」。

主打挑逗曖昧、撩人火熱、愛意滿載、心跳一百。

以上這些，現在通通沒有。

小熊目前唯一感受到的是——救命！要死了、要死了！不行，卡還沒抽到不能死！

小熊邊逃邊看向能救自己小命的手機。

手機畫面目前定格在卡池頁面，上面有多道人物剪影，只露出胸肌跟腹肌的那種。臉被擋著，活像是古代的黃花大閨女，讓小熊想看一眼都難。

中間則是兩個灰暗的召喚鍵，一個上面寫著「免費召喚．十次」，一個則寫著「免費十連一次」。

不同的文字，差別只在於一口氣抽完還是分十次。

問題是，它們都是灰的，根本就按不了，無法召喚！

剛穿越時，那個自稱星戀之神、全名是「爛漫星光之戀之神」的半透明小人告訴小熊，唯有她的星光照耀，能讓召喚鍵亮起。

小熊努力仰高短短的脖子，看著上頭的燦爛星空。

星星很多，星光肯定也很夠。

可她先前明明一路高舉手機狂奔，召喚鍵卻沒成功由灰轉亮。

說好的唯有星光能讓召喚鍵亮起呢？

有召喚鍵卻不能按，簡直要急死號稱「抽卡狂魔」的小熊了。

爲了這僅有、寶貴的十次機會，她已經想好要怎麼努力發揮玄學的最大效用。

五十二分是幸運時間。

無心流永遠值得相信。

只要心中無男人，抽卡自然神。

比起十連出貨，她更信單抽奇蹟。

廁所永遠是抽卡好地點，可惜草原沒馬桶，現場挖坑還得小心魔物背刺。

方法都想了，可是卻沒法抽！

啊啊啊，這時誰能讓她成功抽卡，她就喊誰爸爸！

……任何事都沒發生。

可惡，居然沒人願意認領一位可愛聰明美麗大方的女兒！

別無他法，小熊只能繼續舉高她的小短手，用肥肥的熊掌抓著手機，繼續在草叢中一路狂奔。

前面是小熊跑跑跑，後面是魔物追追追。

小熊跑得生無可戀，只想狂飆眼淚。

前方瘋長的草葉太高，擋住小熊的視線，讓她無法看清路況，結果就……

「啊啊啊啊啊啊——」

小熊的慘叫在螢火大草原上曲折繚繞，如果聲音能具體化，估計會是一條起起伏伏的波浪線。

誰知道平地冷不防出現下坡這個暗器，害得她只能像顆球般一路往下滾。

小熊差點以爲自己會滾到天荒地老，好在終於有東西攔住了她。

「砰」的一聲，小熊重重撞上硬物，掀開眼皮一看，原來是根粗壯的樹幹。

她四仰八叉地躺在地上，眼前除了滿布繁星的廣袤夜空，還有因撞得頭暈眼花、不斷轉動的金星。

多枚金星連成星星光環，在她的眼前轉了幾圈後直直往下掉。砸上她的臉！

小熊痛得摀臉彈起，金星光環被她揮開，正好落至掉在手邊的手機螢幕上。

「噫！」沒空思考金星怎會實體化，小熊只怕螢幕被砸出裂痕，連忙拾起手機檢查。

但伸出的手倏地停住。

小熊瞠大眼，本來灰暗的按鍵居然變成了鮮艷的色彩。

貼在螢幕上的金星光環依舊靜靜地散發光輝。

所以星戀之神才會說「她的星光」……原來不是口誤！

而是眞的要靠她（撞出來）的星光照耀！

後方猝然逼近的吼叫聲讓小熊一個激靈，她撈起手機，拔腿再逃。

令人毛骨悚然的恐怖嘯聲越漸逼近，小熊毛骨悚然，剛剛想好的玄學手段早就拋到腦後，只記得「單抽出奇蹟」。

她用最快速度將爪子拍上「免費召喚・十次」的按鍵。

那一下拍得又穩又準，絕不失手。

豐富的抽卡經驗讓她不知不覺習得一項特技——無論在何種情況下都能精準按下召喚鍵！

按鍵一被按下，手機瞬間跳轉成粉色畫面，一圈白色光環亮起，下方的大型魔法陣跟著一同發光。

小熊沒時間等光環轉完，直接跳過召喚動畫。

平空出現在手機上方的是一疊淋了大量蜂蜜的鬆餅。

連人都不是。

來了來了，星戀邪惡的混合卡池帶著它滿滿的道具與稀少角色來了。

別人的手遊抽卡是抽角。

星戀家的卡池是在茫茫道具之海中靠運氣打撈角色。

小熊磨磨牙，就知道憑自己的壞運最先摸出的會是道具。

一串文字同時在她腦中浮現。

道具：甜膩膩的鬆餅。

作用：糖分是給予人類的饋贈，可以增加幸福感，對魔物來說苦澀難嚥。

小熊二話不說把鬆餅往後砸，現在不需要幸福感，她要的是絆住魔物腳步好成功逃命。

熊掌毫不遲疑地再按下「免費召喚．九次」。

這次跳出的一樣是道具——糖果罐。

作用：糖果能讓愛慕的他保持愉快，大膽地表達自己的心意吧！

糖果罐也難逃被向後扔的命運。

小熊發揮驚人手速，拍打按鍵的熊掌快得只餘殘影。

召喚次數飛快消耗。

藝術家的畫筆、防蚊液、虐戀愛情小說……

藍幻金鸚的發光小石頭、只有熊才看得到的甜甜花粉、可疑的小黃書……

不同道具不斷被小熊往後砸，魔物們被砸得怒氣沖天，咆哮連連，恨不得一把揪住亂砸東西的小熊。

「啊啊啊啊啊！」小熊幾乎要崩潰了。

知道自己臉黑，但黑成這樣也太過分！九抽通通都是道具是哪招！

小熊倉皇中點開召喚詳情，掃視完上面的抽卡機率說明更想把手機摔出去了。

各式道具的召喚機率是55％。

謝謝，真是有夠高！

六個超稀有五星角，機率是0.0000000001％。

……這零會不會太多了，現實中的抽卡機率都沒這麼坑！

再往下一瞄……

沒四星角，直接跳到三星角色。一排看過去都是村人ＡＢＣＤ、樵夫ＡＢＣＤ、獵人ＡＢＣＤ等等。

「該死的遊戲，誤我青春！等我回家立刻刪除——」小熊悲憤的哀號迴盪在夜幕之下。

被砸得滿肚子氣的魔物也忍無可忍地爆發了。

蛇女動作最快，長長的蛇尾猝不及防向前橫掃，絆倒小熊雙腳。

小熊還來不及弄清是什麼捲上自己，一陣天旋地轉後，身體驟然離地。

蛇女尾巴緊緊捲住小熊腳踝，將她倒吊在半空中。

小熊驚恐地看著好大一段距離外的地面，牢牢抓緊差點滑脫的手機。

蛇女嘴巴咧得老大，一看就是能一口一隻熊。

小熊才不想被吞，她還要努力活著回去見她的三宮六院七十二男妃！

雖然全是遊戲裡的紙片人，但可都是她用錢買回來的愛。

爲了金錢與愛，說什麼都要活下去！

腎上腺素大爆發，小熊奮力一擺，發動自己任何情況都能精準按下抽卡鍵的技能。

有著厚實肉墊的熊掌快狠準地拍上發光的召喚鍵。

「求求了！拜託讓信女脫非入歐啊啊啊——」

說時遲、那時快，手機螢幕發出炫目白光。

與此同時，小熊震驚地發現以手機爲中心，周圍跟著亮起層層熾烈的雪白光輝。

白光似乎對魔物具有威懾力，原先捲住小熊的蛇女被燙到般鬆開尾巴，飛也似地後退。

小熊在地面滾了一圈後茫然坐起，看著白光越轉越熾，來到了半人高，鋪著柔韌草葉的地面亦浮現一個碩大魔法陣。

白光轉了幾圈忽然停頓，漸漸轉弱。

察覺白光消弱的魔物們蠢蠢欲動。

小熊驚慌失措地捧住臉，不明白眼下到底發生什麼事，內心急道：拜託別出BUG！好歹在光消失前出個角色吧！誰都行，拜託來個能拯救我於水火的同伴……就算是村人ABCD也行！

彷彿聽見小熊心中悲慟的吶喊，弱下的白光驟然大熾，甚至透出異樣光彩。

小熊瞠大烏溜溜的圓眼睛，看見白光裡越來越明顯的絢麗光輝最後變成耀眼無比的七彩流光。

小熊倒抽一口氣，嘴巴張得大大的，一時半會閉不起。

蠢動的魔物們臉上露出明顯忌憚，比起白光，七彩流光顯然帶給它們更強的威脅感。

隨著璀璨彩光閃耀到極致，小熊面前也平空出現一道背對她的人影。

那人雙手拄劍，背影高大挺拔，一看就氣勢非凡；銀色髮絲在月夜下泛著淺淺流光，披著一襲深色大氅，領間有圈毛茸茸的皮草。

光看背影，小熊覺得自己可以給他打三百分。

那身高、那肩寬、那背影……可惜大氅蓋住更多，太遺憾了。

小熊下意識抹去嘴邊不存在的口水，目光慢慢移向銀髮男人的頭頂上方。

那裡閃耀著一顆星、兩顆星、三顆星、四顆星、五顆星。

流轉著七彩光輝的五顆星星旁邊還躍上大大的三個字。

ＳＳＲ

男人再帥再性感的背影都不算什麼了，小熊仰高頭，瞬也不瞬地直盯五顆星星和ＳＳＲ，毛茸茸的熊臉浮現紅暈，激動得要暈過去了。

她摀著怦怦跳的胸口，滿臉不敢置信，顫顫地說：

「單抽……出奇蹟!?」

第1章

時間往前倒轉。

大台北西寧區的某間套房。

門外傳來鑰匙轉動的聲音，下一秒門板開啓，一抹人影風風火火地衝進來。

「啊啊！要快點、要快點！」綁著包包頭、個子嬌小的女人一邊叫，一邊忙不迭脫下鞋子，包包甩到沙發，外套也拋上沙發椅背。

總之，怎麼隨便怎麼來。

小熊瞄瞄牆上時鐘，短針長針的位置顯示時間是十一點半。

她有點後悔，不該在外面吃宵夜兼貪看夜景，差點錯過了時間。

但看夜景眞的很爽啊。

想想台北街頭無數大樓林立，每幢建築物的窗戶都亮著燈，在漫漫夜色裡組成星光燈海。

再想想那全是加班社畜們的肝，就覺得自由業真的棒透了！

小熊看夜景時沒忘記開視訊給她最要好的朋友——還在公司苦命加班的那種——換來對方面無表情地咆哮。

「那都是我們的肝！我們的肝有什麼好看的！自由業都是王八蛋啊——」

小熊決定把這當讚美了。

但不小心爽過頭的結果就是比預定時間晚回到家。

「啊啊，要來不及了！真的快來不及了！」把東西全扔在客廳，小熊衝進房裡抓了衣物，再像一陣旋風跑進浴室。

浴室裡很快傳來一陣嘩啦嘩啦的水聲。

小熊洗了個戰鬥澡，換上乾淨衣物，快步跑出來吹頭髮，把自己弄得乾爽又香香的。

等一頭淺色頭髮吹乾，確保蓬鬆感後，她跑到鏡子前，認真綁起髮型。

就如她的暱稱「小熊」，她總喜歡把頭髮紮成兩顆丸子，一左一右，就像熊耳朵一樣。

看著倒映在鏡中的甜美臉蛋，小熊滿意地點點頭，回到客廳開始各種準備。

首先點香——當然不是拜拜的香，萬一不小心眞拜到什麼不該拜的還得了。

小熊發誓她一定會尖叫昏倒的。

她最怕鬼了！

點燃線香，白檀的淡淡香氣立即飄散在客廳裡。

焚香沐浴完畢。

小熊拿出之前印的Ａ４紙，小心翼翼地鋪在地板上，確保沒有一絲摺痕。

那是一張印著七彩燦爛光華魔法陣的紙。

玩過近期最夯乙女抽卡手遊的人，第一眼都能認出來——

這是「爛漫星光之戀」中抽到五星角色、最高級稀有人物卡片時，才會出現的特效。

爛漫星光之戀是一個乙女卡牌遊戲。

主劇情爲普通上班族的主角（玩家）有一天忽然獲得天命，得到穿越時空的能力，必須前往不同世界解決那些小世界的危機。

主角在每個世界會碰上不同美男，必須想辦法和他們締結契約，讓他們成爲自己陣營的同伴，一起冒險通關，最後成功拯救世界。

只要成功締結契約，就能發展纏綿悱惻、心跳加速的愛情線，讓美男們對主角說出各種撩人的甜言蜜語，還有機會觸發專屬活動劇情。

「星戀」感情、劇情並重，加上角色卡牌異常精美，且全程配有語音，在廣大女性間掀起了一陣沉迷旋風。

小熊當然不能免俗。

哪裡有帥哥可抽，哪裡就有她！

魔法陣擺好了，再來是把手機擺在法陣正中央。

小熊看了眼時鐘，還有時間可以去冰箱拿點東西出來吃。

就算在外面吃過宵夜，沒人規定回家不能繼續吃吧。

冰箱裡塞了一堆雜七雜八的東西，她上下巡視一圈，拎出一瓶東泉辣椒醬跟昨天吃一半的粽子。

再不吃完，估計會在冰箱裡生出二代粽，從此沒完沒了，打開冰箱永遠都能看見粽子。

趁粽子在微波加熱，小熊拿出另一支手機。

放在魔法陣的那支是遊戲專用，她手上這支則是日常各種大小事用。

小熊打給自己最要好的朋友，就是激情痛罵自由業是王八蛋的那位——也不知道她下班了沒。

手機很快接通，傳來一陣要死不活的聲音。

「……幹嘛？」

「小蘇小蘇，妳還活著嗎？還活著等等跟我視訊！」

「……我現在說我死了來得及嗎？我才剛下班到家耶。」

「哈哈哈，來不及啦，死了我也會燒紙給妳再召喚妳的！」小熊手機開成擴音，放在桌上，走去廚房拿加熱好的粽子。

「誰要紙啊？說吧，妳又想幹嘛了？」

「嘿嘿，請妳幫我加持一下，下次請妳吃牛排，怎樣？」

「懂了，又要抽卡了是不是？」

「對啊對啊！」小熊興高采烈地盤腿在地板坐下，將魔法陣上的手機點入爛漫星光之戀的遊戲畫面，「星戀今晚十一點開新活動的卡池了。」

「十一點？現在不都十一點半了，妳居然沒第一時間開抽？」

「哎唷，妳不懂，星戀有個玄學叫五十二分教，在五十二分的時候抽卡，有很大機率成功出貨。」小熊打開東泉辣椒醬，一股腦地淋滿，讓它變成一顆粉紅色粽子。

「喔，所以妳準備等到五十二分，那我就先……」

「啊，慢著慢著！」小熊眼明手快，從語音切換到視訊模式，手機螢幕沒一會便跳出她好麻吉的那張厭世臉。

「……妳吃那什麼東西？」小蘇第一眼就看見那紅色的玩意。

「粽子啊，淋滿東泉的粽子，讚喔！」小熊熱情推薦，換來對方退避三舍的臉色。

「妳一個南部人學什麼台中人？不要什麼都淋滿東泉。」

「東泉是食物的靈魂！哎呀，其實我本來想在廁所抽卡的，廁所可是公認的抽卡能量點呢。」

「那妳可以關視訊了，我對妳家廁所長怎樣一點興趣也沒有。」

「我就知道，所以還是挪來客廳抽了。小蘇妳一定要多多替我加持，我連焚香沐浴都做了，還印出魔法陣。可惜這次是抽新角，不知道角色喜好，沒辦法爲他擺祭壇。」

「官方沒釋出角色介紹？」

「我就是要跟妳講這個，這次星戀官方很大膽喔。」小熊吃東西快，三兩口就解決完大半粽子。

「是有多大膽？終於要降低保底天井了嗎？」

「沒……有的話我就要放鞭炮了哈哈哈……」小熊笑著笑著就想哭了。

爛漫星光之戀的抽卡有保底機制，如果一直沒抽到當期五星角，保證會在第N抽送出。

只是保底數字真的太高，高到愛好課金抽卡的小熊實在花不下去。

這筆錢一噴，她真的得好幾個月都吃土。

把悲傷情緒扔一邊，小熊調整了下視訊手機，好讓朋友能看清她遊戲手機的畫面。

如今已進入活動卡池了。

之前的星戀卡池旁會一併列出當期抽卡機率上升的新角。

然而這次的卡池不一樣。

每個角色只露出一半，那一半還是脖子以下，屁股以上。

換言之，就是展現出他們的胸肌、腹肌……各種上半身該有的大肌肌。

「臉呢？怎麼沒看到角色的臉？」

「我才會說官方這次搞了一個騷操作啊！角色的臉先保密，只放出肌肌，我是說肌肉，讓大家聞香，抽到卡才能完整看見。」

「但在跑活動劇情時，角色出場後不就能看到了？」

「那不一樣，反正就是不一樣啦！」小熊堅持，同時不忘注意時間，快到五十二分了，「這次先試十連，小蘇快點保佑我這次能當歐洲人，最好十連出雙蛋黃，一口氣來兩隻五星角！」

「我是很想保佑妳，但想想妳以往的手氣……」

小熊不禁也沉默了。

認眞說起來，她的手氣實在不是很好，否則也不會相信各種抽卡玄學。

但她的消沉只有一秒，轉眼又振作起來。

「怕什麼？」小熊拍拍胸口，「再不行我就祭出我的魔法小卡，課下去就啥都有了！」

「醒醒，除非課到保底，不然中間還是可能啥都沒有。」

「啊啊啊，我不聽我不聽！」小熊摀著耳朵，拒絕不吉利的發言。

滿心緊張中，十一點五十二分終於到來。

小熊深吸一口氣，二話不說地舉高食指，在一室白檀香氣中朝「召喚十次」的按鍵用力按下。

還不忘大聲叫喊——

「各路神明啊，請賜我五星角吧！信女願意茹素三個禮拜作爲交換！」

隨著召喚鍵被按下，畫面一轉，魔法陣跳出來，接著熾亮白光浮現。

白光越來越亮、越來越亮，亮到幾乎佔據整個客廳。

與小熊視訊的朋友驚覺不對勁，「小熊，妳手機的光會不會亮過頭了！」

「欸？好像是耶……」小熊傻愣愣地看著手機，緊接著發現光不僅從手機冒出。

她驚惶地瞪大眼。她好像……看到自己擺的那個魔法陣也在發光!?

小熊還沒向朋友大叫自己的發現，壓在手機下的魔法陣刹那間已噴出耀眼光彩，包覆所有東西、席捲了整個客廳。

「小熊！小熊！」白光刺眼得讓視訊手機另一頭的人什麼也看不見。

待白光終於消退，一切回歸平靜。

與小熊視訊的朋友目瞪口呆地看著眼前場景。

客廳乍看之下沒有什麼改變，唯一的不同是有三個東西消失了。

——手機、小熊，以及一瓶東泉辣椒醬。

好消息，她沒死。

壞消息，她穿越了。

不要問小熊爲什麼知道自己穿越了。

拜託，都從自己不到十坪的小套房突然轉移到有十倍小套房大的豪華房間裡了。

憑她資深動漫手遊迷兼網民的身分，要是猜不出自己是穿越了，她就……

嗯，跟她哥姓。

小熊癱在地上動也不想動，反正地毯躺起來有夠柔軟，就讓她這個窮人多享受一下奢華的滋味。

當然主要也是給她一些時間緩衝。

她穿越了。

她可是……穿越了啊啊啊啊！

遲來的震驚終於席捲小熊心頭，她轉動著眼珠，試圖藉由探索環境平復情緒。

總之先讓猶如坐雲霄飛車的一顆心，變成像坐旋轉木馬那樣平靜吧。

這是一個充滿歐風的華麗房間，有張四柱床，上面罩著輕飄飄又繡著精緻花紋的紗幔，簡直是小熊夢想中的公主床。

該不會這裡眞的是哪位公主的房間吧啊哈哈哈……

靠牆處有座刻紋細緻的象牙白大衣櫃，小熊估算了下，塞進五個她大概都綽綽有餘。

小熊再努力地轉動眼珠瞥向另一側。

那邊有扇應該是通往外頭的大門，青綠色的門板有對金屬把手，門上也有漂亮的浮刻雕紋。

以小熊目前所看到的，一言以蔽之，就是華麗。

很華麗的一個超大房間。

……所以這到底是哪裡？

小熊滿頭問號，腦海內也沒自動灌入什麼記憶。

這實在太過分了，她看小說漫畫主角穿越時，都會自動浮現關於穿越世界的記憶。

爲什麼她就沒有？差評！

小熊深呼吸，決定再冷靜一下，先想想自己穿越前有沒有做特殊的事。

吃肉粽當宵夜、和朋友視訊，再來就是把手機放上列印出來的魔法陣準備抽卡。

不對，不是準備。

她分明按下去了！

那卡呢？到底有沒有抽到卡！

小熊一顆心跑至嗓子口，她清楚記得手機螢幕有光芒亮起，抽卡用的石頭肯定花下去了，要是遊戲吞了石頭不給卡，她絕對會瘋的。

頭不可斷、血不可流，抽卡用的石頭更不能打水漂！

小熊瞬間垂死病中驚坐起，沒時間再假裝自己是隻死熊了。

先不管這裡究竟是哪，當務之急是找到手機，確認她到底抽到了什麼。

一個翻身坐起，小熊視野一變，馬上讓她發現正前方有兩個再熟悉不過的物體。

一個是她心心念念、少了絕對不行的遊戲專用手機。

一個則是……

小熊歪著頭，不是很能理解自己的吃飯傢伙怎麼也來了。

配肉粽的東泉辣椒醬居然也跟著穿了？

它大概是史上第一瓶穿越的辣椒醬吧。

縱使內心有再多疑惑，小熊還是遵從本心，先把手機跟辣椒醬抓到手裡再說。

然而她手才剛伸，就不由得僵住了。

她驚恐地瞪著映入眼中的那隻手……那還是手嗎？

短短肥肥，還毛茸茸！

「嘎噫！」小熊發出不成調的尖叫，連忙伸出另一隻手，接著尖叫聲再度響起，「嘎啊啊！」

是兩隻毛茸茸的手！

濃密鬈曲的淺色毛髮遍布其上，翻過來一看，手掌部位多出厚實的肉墊，就連手指也變得短短的，上面還有尖尖的指甲。

怎麼看都不像是人類的手，看起來更像……

一雙熊掌。

小熊彷彿被閃電劈到，僵在原地幾秒，下一瞬像火燒屁股般衝到穿衣鏡前，途中不忘撈起她的手機與東泉辣椒醬。

都是穿越來的好夥伴，怎麼可以拋下它們。

當小熊來到穿衣鏡前，她整個人都傻了。

喔，不對，應該說她整隻熊都傻了。

光滑鏡面裡，清楚映出小熊此刻的模樣。

就如她的暱稱小熊，現在出現在鏡子裡的眞的就是一隻熊寶寶。

偏亞麻色的柔軟皮毛，圓圓的兩隻熊耳朵，一雙眼睛烏溜溜的，像兩顆被溪水沖得發亮的黑石頭。

雖然外表看上去是個玩偶，但小熊能感受到自己是個活物，有呼吸心跳的那種。

讓小熊自己來說，她現在就是隻萌度百分百的可愛小熊。

問題是……她就算叫小熊，也沒眞想過有一天會變成熊！

小熊腦袋一片空白，她連自己穿到哪都不知道，現在連人形都沒了，接下來該怎麼辦才好？

處於六神無主狀態的她，緊接著從鏡子裡瞥見右上方出現一抹半透明人影。

影子約巴掌大，但確實有著人形。

小熊抽了口氣，猛然轉過頭，然後心臟幾乎停跳一拍。

因爲她身後什麼也沒有。

小熊火速再轉回頭，鏡裡右上方仍有個半透明小人，但房裡根本不見它的存在。

小熊的毛快要豎起，她只僵立一秒，就用最快速度遠離鏡子，抓著能遮擋自己身影的窗簾瑟瑟發抖。

只有鏡子裡才能看到的東西，那不就是鬼嗎？

小熊怕很多東西，其中的第一名非鬼莫屬。

與鏡子保持距離多少給了小熊安全感，雖說那安全感就像衛生紙一般薄弱。

奇異的安靜充斥豪華大房間。

小熊緊抓窗簾不放，見外頭許久都沒動靜，慢慢地從窗簾後探出一顆熊頭。

鏡子還在原來位置，也沒有長出血盆大口。

小熊正想吐出一口氣，下一秒冷不丁出現在她面前的半透明小人讓她這口氣都岔了。

她發出撕心裂肺的咳嗽，手機改夾在腋下，用熊掌急急拍撫胸口。

好不容易呼吸總算平順，才顫顫兢兢地把頭縮回去，只露出一雙黑漆漆的眼睛。

「你你你，你是鬼……啊呸呸，是阿飄嗎？」

小熊趕緊把「鬼」字吞回去，就怕說太多次會引來更多。

半透明小人漸漸變得明晰。

他有一雙薄如蟬翼的翅膀，頭上戴著金耀小皇冠，身上服飾讓小熊想到希臘神祇的長袍，手裡還舉著一根頂端鑲有大紅寶石的精巧法杖。

半透明小人開口，迴盪在房間裡的赫然是與精緻外表不符，低沉莊嚴的嗓音。

「我乃爛漫星光之戀的大宇宙，大意志之神，從遙遠彼世被呼喚而來的玩家啊，妳可以稱呼我爲——」

那道莊嚴聲音鄭重宣告。

「大大。」

小熊決定喊這個半透明小人「星戀之神」了。

得知半透明小人身分的第一時間，小熊做的第一件事就是放下她的手機跟東泉，接著三兩步加速，再高高躍起，撲向空中的星戀之神。

這突如其來的舉動似乎驚嚇到對方，對方發出短促叫喊，聲音竟與先前的莊嚴截然不同，聽起來就像軟綿綿的小孩子。

「快告訴我怎麼回家家家家——」

可惜星戀之神沒有實體，小熊穿過對方身影，在柔軟如棉花的地毯上翻滾幾圈。

她癱平不動，又想當隻死熊了。

星戀之神慢慢飄下，法杖一揮，落在另一邊的手機和東泉自動飛回小熊手邊。

「玩家啊。」肅穆莊嚴的聲音又再響起。

「別裝了，我剛聽到另一個聲音了，那才是你的本音吧。」小熊吐槽。

既然已被發覺，星戀之神顯然也沒有再偽裝的打算，祂咳了幾聲，便恢復軟綿綿的聲音。

「哎唷，我想說那個聲音比較有說服力嘛。玩家呀，妳現在有個重要任務，妳知道自己在哪吧？」

「爛漫星光之戀遊戲裡？」小熊撐起身子，用的是疑問句。

即使星戀之神都表明身分了，但從開服一路玩到現在的小熊真的認不出來……

現在的場景是哪個活動？

她記得主線目前沒出過西方奇幻世界的背景，之前各式支線、角色活動也沒有。

星戀之神拍拍小翅膀，飛下來一點，雙眼與小熊平視。

祂充滿情感地爲小熊介紹遊戲背景。

「這裡是亞倫泰王國，一個由人類組成的國家。在國王統治下，人民安居樂業、生活平和，與鄰國維持著良好的關係。」

「可是半年前，在一個電閃雷鳴的夜晚，黑夜無預警被撕裂一道巨口。自稱『邪神』的恐怖存在降臨在亞倫泰王國西邊的深淵之谷。」

「以深淵之谷爲中心，周邊魔物迅速受到邪神力量污染，變得更加狂暴邪惡，並對人類有強烈的攻擊性。」

「國王曾派遣軍隊前往討伐，卻在接近深淵之谷外圍的森林碰上迷霧，折損無數人馬後只能無功而返。被邪神污染的魔物繼續危害周遭人民。」

「別無他法之下，國王只能發布公告，募集能人異士，希望有人可以仿效百年前曾打敗另一個邪神的勇者們，站出來成爲英雄。」

「但就在半個月前，邪神的投影無預警出現在王宮上方。那是一顆醜陋且長滿觸手、巨大的駭人眼球。」

「邪神指名要國王唯一的女兒成爲祭品。在下個月圓之夜前，她得獨自踏入螢火大草原抵達深淵之谷，否則邪神將對亞倫泰王國降下更大的災難。」

「而現在，成爲公主的妳，首要任務就是順利穿過滿是魔物的螢火大草原……」

小熊聽得滿頭問號。

螢火大草原既有不少凶惡魔物，卻又要公主獨自踏入……到底是想不想要祭品安全抵達？

難不成是想先造福大草原上的其他魔物？

星戀之神不知道小熊內心的吐槽，繼續爲她說明故事背景。

「國王深愛自己的女兒，捨不得讓她成爲無辜可憐的祭品，但公主英勇地站出來了。王國神殿裡的大祭司也獲得一段預言，靠著這段預言，公主收集到能打倒邪神的武器，靠著她的勇氣與智慧，最終成功擊敗邪神。」

小熊瘋狂轉動她的熊腦袋，越聽越覺得星戀之神說的劇情有億點點耳熟。

「啊啊啊！」小熊彈跳起來，想起來在哪聽過了。

不就是爛漫星光之戀新開的活動劇情嗎？

她還記得那個新活動就叫……邪神與祭品公主！

「那干我這隻熊什麼事？」小熊這時已經認命地接受自己是隻熊寶寶了。

星戀之神咳了幾聲，嗓音不知爲何透出一股心虛，「那個啊，因爲公主跑了。」

「啥？」小熊懷疑自己聽錯。

「因爲公主跑了！」星戀之神只好放大音量，語速也一口氣加快，「公主其實是男兒身，然後他愛上自己的護衛，不想幹這個高危險職業，就和護衛手牽手私奔了！」

訊息量一時過大，小熊覺得自己必須花點時間消化。

沉默好半晌，豪華房間裡爆出驚天動地的喊聲。

「嗄？公主是男的還私奔了!?」

第2章

小熊感覺自己一團混亂。

公主是男的？跟護衛私奔了？

誰家遊戲活動搞出這種操作？

喔，是爛漫星光之戀啊，那就沒問題……

才怪啊！

小熊用力蹬起，想把空中的星戀之神抓下來猛力搖晃，看能不能搖出對方腦子裡的內容物。

「既然公主是男的，不就應該叫王子嗎？還有王子跑了劇情要怎麼繼續？」

彷彿提前偵測到小熊的動作，星戀之神及時飄到安全高度。

「這是裡設定嘛，誰知道公主……我們就繼續稱呼公主好了。咳，簡單來說就是公主自我意志覺醒，罷工不幹了。」

「但這個世界沒有跑完祭品公主打敗邪神的劇情，就沒有辦法順利進行下去。」

「那跟我……」小熊稍微冷靜下來，比比自己，「跟我一隻熊有什麼關係？」

「嗯，因爲公主跑了，只剩下他的熊……妳是他最要好的朋友。還有這種熊的種族叫熊寶貝，對人事物產生深刻愛意時還會變成人呢。」

「誰要知道這種沒意義的情報！」要不是她熊小力氣估計也不大，小熊都想跑去小圓桌前表演現場翻桌了，「我告訴你，拖太久沒講到重點這叫水字數，換成我我就要棄文不看了！」

「重點就是因爲公主沒了只剩下熊，就拜託妳這隻熊充當一下祭品公主去打倒邪神神神神神！」星戀之神連忙扯著喉嚨大聲喊。

最後一個「神」字還在房裡餘音繚繞好一會才消散。

「我，一隻熊，當公主？」小熊不敢相信地抱住自己，「然後去打倒邪神？」

「對，就是這樣，不打倒邪神、跑完劇情，妳就不能回原來世界了呢。」星戀之神端起和善的笑臉。

「那我要怎樣才能打倒邪神？」小熊勉強懷抱一線希望，「主角穿越通常會獲得金手指或特殊能力吧。」

「剛不是說了嗎，公主收集到能打倒邪神的武器，靠著她的勇氣與智慧，最終成功擊敗邪神。」

「不是不是，拿到武器之後，有更詳細的攻略過程吧。」

「就是靠著勇氣與智慧，就成功啦。」

「那魔法呢？這是個魔法奇幻世界吧。」

「公主是沒有魔法的呢，所以才要靠勇氣與智慧，加油囉。」

小熊深深體會到，什麼叫聽君一席話，如聽一席話。

簡單來說，就是廢話嘛！

一隻熊是要怎麼打倒邪神？靠她的熊掌還是靠她的可愛？

星戀之神彷彿沒看到小熊搖搖欲墜，喋喋不休地繼續爲她說明。

「別灰心，除了勇氣與智慧，妳還有妳的最佳小幫手。」

小熊瞬間在黑暗裡看到一盞希望之燈，接著見星戀之神指著她的手機。

一片黑的螢幕倏地亮起。

小熊雙眼也跟著亮起。

手機畫面是爛漫星光之戀的新活動卡池，那群被遮住臉面的男人們依舊在展現他們閃耀的胸肌、腹肌……反正就是各種肌。

小熊迫不及待地想要點開角色保管室，看自己穿越前究竟抽到什麼。然而不管她怎麼點，畫面就是不動，完全沒辦法進入其他頁面。

「怎麼會？」小熊震驚地抓著手機大力搖晃，彷彿這樣做就能搖出新頁面卡呢？

抽到的卡呢？

到底有沒有抽到卡好歹給我一個痛快啊！

「這裡是星戀的世界，妳在現實裡抽到的角色與道具都不會在這出現。」星戀之神施施然地飄下，用祂的紅寶石法杖輕點一下，「現在重新開始了。」

一串星星般的光點從寶石裡逸出，飄落至手機，接著小熊驚訝地發現卡池右下角跑出選單圖示。

她點了下選單，立刻跑出一排選項。

分別是劇情地圖、商城、召喚。

小熊先看了劇情地圖，背景還真的是張大地圖。地圖上整齊排列一排長方形欄位，一片灰白，只有最底下的亮著。

寫著花俏的花體字——祭品公主的逃跑之夜。

「這是劇情提示。」星戀之神以法杖戳戳發光欄位，「也是告訴妳目前要經歷的劇情是哪個。」

小熊沉默。

逃跑之夜……這幾個字看起來也太不吉利。

「只要完成劇情，下一個劇情就會自動開啓。如何，貼不貼心？完全不用擔心像隻無頭蒼蠅不知道該做什麼喔。」

「貼心的話就送我回家！」小熊不死心地想再抓住星戀之神，只不過仍然抓了個空。

「抱歉，不行、不能、沒辦法唷。」像是強調這是個不可能的任務，星戀之神特地用了四個否定詞彙。祂的小法杖往商城一敲，頁面切換。

商城比小熊記憶中的簡略許多。原本還有其他功能，例如兌換道具、購買角色的新衣，或是販售多餘道具等。

但現在只剩下——購買召喚用石頭。

只不過那個按鍵目前也是灰沉沉的，無法按下。

「等妳使用新手福利召喚到同伴，與對方締結契約，並且把戀絆值刷到滿的時候，商城就能開啓，便可以抽新同伴啦。」星戀之神說，「這是爲了防止玩家花心，不懂好好珍惜最初的夥伴。」

資深玩家小熊感覺自己被嚴重污辱了。

這哪叫花心？

她分明只是想給全世界可愛又帥氣的男孩子們一個溫暖的家！

而且星戀玩家都知道，角色的戀絆值有多難刷，這都是要用時間跟肝去換的。

天曉得在這個世界裡，又得用什麼去換？

星戀之神像是看穿小熊的疑惑，用充滿抑揚頓挫的聲調說：「用愛，是愛！唯有愛，才能增加妳與夥伴的戀絆值。好啦，我們來看重點的召喚。」

手機又回到最初的召喚卡池頁面，下方中央的「免費召喚・十次」和「免費十連一次」也是灰白色。

小熊不信邪地戳了幾次，就是沒反應。

星戀之神舉起法杖，在空中轉了一圈。

剎那間，玄妙的事情發生了。

小熊仰高頭，目瞪口呆地看著自己身邊出現一排男人的虛影，共通點都是臉被黑影遮覆，只露出脖子以下、屁股以上的大肌肌。

咳不是，她是說美好又強健的肌肉。

而且這幾道男人的虛影，看起來有那麼億點點眼熟。

小熊猛然意會到什麼，低下頭，再抬起頭。

果然，空中虛影與卡池頁面上的那些男人一模一樣。

換句話說，是那六個稀有五星角。

「這些……這些都能成爲我的冒險同伴嗎？」小熊摀著胸，覺得幸福來得太突然。

要是能有這麼一票肌肉棒棒的美男陪著去打邪神，她覺得……也不是不可以！

星戀之神不留情地潑了冷水，「想太多，忘記我剛說的嗎？嚴禁花心，嚴、禁、花、心。」

似乎怕小熊沒聽懂，星戀之神特地放慢語速，一字一字重複，就連祂的背後也浮現四個血淋淋的大字。

嚴禁花心。

爲了避免小熊抱有不切實際的幻想，星戀之神氣都沒換，直接連珠炮地說下去。

「看到那兩個召喚鍵了嗎？妳得靠妳的星光照耀，讓它亮起，召喚功能才會恢復。而妳現在看到的這六個人，除了是卡池裡能力最強的五星角，同時也是亞倫泰王國鄰近國家的王子們，喔，有一個不是。」

「亞倫泰王國被五個國家包圍，每個國家由不同種族統治。這些人由左到右，分別是精靈族王子、獸人族王子、有翼族王子、矮人族王子、人魚族王子，以及一切成謎的神祕人。」

小熊試圖從那片肉色看出誰是誰，最後只能靠翅膀和鱗片辨識出有翼族和人魚族。

「附帶一提，卡池裡也有很多平民老百姓，就看妳運氣如何，抽到誰成爲妳的同伴了。好了，以上還有哪邊不了解嗎？」星戀之神作勢看了一下手腕，好似那邊有戴手錶。

「我有問題！」小熊高高舉起熊掌，「不能讓這些王子加神祕角色直接過來幫楚楚可憐的我嗎？我是說，不是靠抽卡的方式。鄰居有難，其他國家派人救援也是很理所當然的吧。」

小熊還記得星戀之神說過，亞倫泰王國與其他國家維持著良好的關係。

「理論上可以，但實際上……」星戀之神老實告訴她，「邪神用結界把這個國家包圍起來了，其他國的人想要過來必須花點時間。」

小熊懂了，這個邪神憑一己之力排擠了所有國家。

「花點時間是要花多久？」

「大概是一二三四五六七……」

「天？」

「錯，是年。」

小熊眼一閉，想要昏過去。

算了，還是放棄吧，天知道這個遊戲能不能撐到七週年。

「好了，講解到這結束。」星戀之神又往自己手腕瞄一眼，好像祂真的有手錶，「時間不多了，祭品公主的逃跑之夜即將上演，護衛隊很快就會護送妳到螢火大草原附近，接下來妳就只能靠自己了。」

「什麼？什麼？等一下！」發現星戀之神一副趕下班的模樣，小熊慌張地喊，「除了免費召喚十次外，沒有其他金手指嗎？好歹給點金手指吧！而且其他人不會覺得奇怪嗎，公主變成熊了耶！」

「放心，在這個世界民眾的認知裡，妳是可愛的熊寶寶，也是亞倫泰王國唯一的公主喔。至於金手指……」星戀之神摸摸下巴，像是終於意識到讓一隻熊去打邪神太不能道了。

祂沉思一會，彈了下手指。

「啪」的一聲，小熊瞧見自己面前冒出一根金色的虛擬手指。

不等小熊哀號這才不是她要的金手指，那根虛擬手指一眨眼已飛至她手上，與她的食指完美疊合，繼而消失不見。

「現在妳擁有一個特殊能力，使用次數爲一次，務必好好珍惜使用。」星戀之神嚴肅地說，「這個能力能把某個東西變大變大再變大，當然，如果妳想用在生物上是不行的。例如妳打算把一個男人的肌……」

「謝謝，我不想聽！」管他是哪個肌，小熊反射性摀住自己的耳朵。接著發覺她摀錯位置，她的耳朵現在跑到頭頂上了。

「等妳成功召喚角色，締結契約時記得許下願望。直到幫妳達成願望，契約才會解除。還有，得到新同伴後卡池會再解鎖新頁面，專門讓妳免費召喚小道具，一天一次，記得善加利用。」

「再等等，求你別走啊大大！」小熊有種預感，星戀之神這一走，估計不會再出現了，說什麼都得把握僅有的機會問個徹底，「最後一個問題了，眞的！」

星戀之神顯然很喜歡被喊大大，變得更透明的身形瞬間凝實。

小熊抱起跟自己一起穿越過來的東泉辣椒醬，語帶期盼地問，「那這個呢？手機都有神奇功能了，我的東泉是不是也有？」

「喔，那個啊。」星戀之神聳聳肩，「那就是給妳吃東西配著用的，我也沒想到會連它一起拉過來。我可以給妳一個小包包，方便妳裝，不用怕東西摔壞，這可是大大給的特別優待。就這樣，眞的掰啦。」

星戀之神這次說到做到。

話聲甫落，半空中的半透明小人消失得無影無蹤，什麼都沒有了。

偌大的豪華寢室裡，只剩下小熊孤伶伶地坐在地毯上。

她看著面前的手機、東泉辣椒醬，還有平空出現的斜揹小包包，忍不住悲從中來。

要靠這幾樣東西打邪神？

老天啊，我眞是最不幸、最不幸的穿越者了！

第3章

即便小熊再怎麼爲自己的熊生難過，命運之輪依舊照著既定軌跡運行。

用直白的話來講，就是——

該跑劇情了！

就在小熊仍沉浸在悲慟之中時，豪華公主房的青綠色大門猛地被人打開，一道圓滾滾的身影飛也似地跑進來。

「女兒啊！我可憐的女兒啊！」

小熊剛把手機和東泉辣椒醬收進包裡，就被大力熊抱，把她胸口裡的空氣差點全擠出來。

「嗚噗……」她發出虛弱的呻吟，但音量太小反被來人悲切的哭聲蓋過去。

「嗚嗚嗚，我可憐的女兒……爸爸捨不得妳去當什麼祭品！那個可惡的邪神，怎麼這麼會挑！一挑就挑中我最可愛最美麗最大方最聰明的女兒！」

要死了、要死了，去給邪神當祭品之前，恐怕要先死在國王的懷抱中了！

小熊靠回想自己現實世界裡的三宮六院七十二男妃，瞬間爆發極大力氣，順利掙脫國王的熊抱。

她一屁股跌坐在地，這個角度剛好能將國王的模樣盡收眼內。

那是個圓嘟嘟、胖乎乎的國王，用食物來形容，大概是肉包子的感覺吧。

小熊忍不住瞄一眼放辣椒醬的包包。

說到肉包，就有種想把東泉辣椒醬罐用力一戳，使勁往包子內擠的衝動呢。

國王戴著一頂鑲滿各色寶石的金色王冠，衣著華麗，披著金紅色大氅，留著捲翹的白鬍子，一張慈祥的臉如今滿是淚水。

「女兒啊，爸爸我想了想……」國王擦擦眼淚，眼眶紅通通的，「還是由我當祭品吧。反正我都這把年紀了，妳還小，有大好青春等著妳揮霍，我可以提早下去見妳早逝的媽了。」

小熊很感動國王疼愛女兒的一番心意，但看他圓胖的身軀，要是換他去，就是給邪神加菜的命吧。

「ㄅ……」小熊試著想喊國王爸爸，但心裡有道坎過不去。她親爸要是知道她隨便認人當爸，只怕會跳起來拿雞毛撢子追著她打一頓。

小熊放棄喊爸這個過程，「還是我去吧，邪神不是指名我了嗎？要是被發現祭品換人，不知道會發生什麼可怕的事。」

最重要的是，不走這條劇情線，她就回不了自己現實中的小套房。就算套房坪數不大，也是她辛辛苦苦花錢租下的，說什麼都不能白白浪費房租。

眼看自己女兒意志堅定，加上隨意更改祭品人選說不定會引來邪神的憤怒，國王只能一把鼻涕一把眼淚，含淚答應小熊的要求。

「爸爸沒辦法給妳什麼，這個就讓妳帶在身上防身吧。」國王從懷裡掏出小巧的帶鞘小刀，刀柄和刀鞘皆鑲著價值不菲的美麗寶石，「危險時刻就拿出來用。」

「爸！」看著閃閃發亮的寶石，小熊霎時喊爸喊得格外流暢，特別情眞意切。

這時候就算要她喊爺爺也絕對沒問題的。

「來人啊！」國王抹了抹眼淚，朝公主寢室外喊了一聲，「來幫公主好好打扮，我女兒不管什麼時候都是最美的！」

房外立刻進來一群女僕，將小熊團團圍住。

小熊茫然地看著這群年輕曼妙的女孩，不知道她們要怎麼打扮一隻熊。

過不了多久她就知道了。

看著被推到大鏡子前的自己，小熊保持沉默，不想發表任何意見。

與前一刻的自己相比，這一刻的她就是多披了一件紅色斗篷。

好的，這就是她最美的樣子，她懂了。

小熊像個換完裝的洋娃娃，被女僕們簇擁著離開房間，一路上穿過多條長長的迴廊與無數拱門。

複雜的格局看得她眼花繚亂，彷彿身處在一座大迷宮裡。

要是沒人領路，她肯定找不到方向。

途中她肩上還多了一個雙肩包，裡頭塞滿乾糧及一大瓶像彈珠的東西。

這些彈珠叫作「晶露球」，小小一顆即蘊含充沛水分，既可解渴，又不會增加太多負擔。

在小熊還沒反應過來之際，已被護送到宮殿外。

國王站在階梯上，旁邊站著幾位應該是大臣的人物。

每個人的表情都痛徹心扉，捨不得送走王國唯一的公主，卻又害怕邪神可怕的力量而無可奈何。

國王手裡拿著一條手帕，不時擦去落下的眼淚。

一輛雪白馬車停在殿外，馬車裝飾精巧華美，前方是兩匹白色的駿馬。一名打扮俐落的車夫負責駕駛，還有一行騎著高大駿馬的護衛環伺左右。

小熊看向明顯不符合熊體工學的高度，笨拙地以雙手攀著踏板撐起身子，艱辛地翻滾進馬車內。

「殿下！公主殿下！還請等一下，先別急著走啊，殿下！」

一道急匆匆的大叫驀地從另一端傳來。

小熊探出她的熊腦袋，望見一名留著白白長鬍子的老者匆忙跑來。

那身白色長袍令小熊想到神職人員。

下一秒，國王喊出的稱呼也證明了她的猜測。

「大祭司！」

長鬍子大祭司氣喘吁吁地跑到小熊面前，將一卷羊皮紙交到小熊厚實的熊掌上。

「這個……這個請您務必帶在身上。」大祭司鄭重交代，「這是我從神祇那獲得的預言，它一定能在這趟旅途中幫助殿下的。」

「嗚嗚，女兒啊，妳一定要活著回來……」國王也從階梯上跑下，淚汪汪地看著小熊。

後方的大臣們也一臉沉重悲痛。

「殿下，請您務必多加保重。」大祭司語重心長地說，「亞倫泰王國的人民都會感念您的犧牲的。」

……不，我還沒死呢。小熊無語地看著眾人。

在大夥傷心欲絕、像在目送一隻死熊的視線中，車門被關上，車夫一拉韁繩，隨著車輪轆轆滾動，馬車也向前行進。

車內布置舒適華美，車板和椅子都鋪著柔軟的棗紅色軟墊，兩側各有一扇大大的車窗。

馬車一動，小熊登時重心不穩地滾了一圈。

她晃晃腦袋，迅速爬至椅子，將一張熊臉貼擠在窗戶上。向後回望，還能見到國王與一眾大臣難過地站在原地。

國王甚至想追上來，但圓滾滾的身子跑沒幾步就被大臣攔住了。

即使他們都是遊戲裡的角色，但不知不覺，小熊也像染上對方的悲傷一樣，吸吸鼻子，眼角滲出了一滴淚。

她仰頭看著外邊燦爛的陽光和湛藍無雲的天空，再低頭看著自己從包裡拿出的手機，再也憋不住地抽噎一聲。

嚶，人生第一次來到王宮，居然沒辦法抽卡……

說不定這裡有獨特能量加持，一抽就能抽出閃閃發光的五星角啊！

在護衛隊的護送下，馬車平穩又快速地朝螢火大草原前進。

根據隨行護衛長所說，他們會護送公主到螢火大草原。

由於草原也被邪神施下詛咒，唯獨身為祭品的公主能夠不受影響地通行，接下來的旅程就只能她一人前行了。

小熊會知道與自己說話的人是護衛長，是因爲聽到別人喊他隊長。

不能怪她不會認人，實在是這群護衛都長著同樣一張帥臉，有如同間工廠出品的複製人。

小熊也不是不能理解，遊戲ＮＰＣ往往共用一張臉，節省美術經費嘛。只是沒想到都親自來到遊戲世界裡了，這點竟然沒有變化。

星戀之神在這方面也太偷懶了吧。

爲了小命著想，小熊儘可能地從護衛長口中挖掘情報。

在星戀之神力量的加持下，沒人會覺得她角色崩壞，也就是俗稱的ＯＯＣ。畢竟他們都能面不改色地把一隻熊寶寶當成公主了。

受邪神詛咒之力影響，一般人若想穿越螢火大草原會感到呼吸困難、胸口疼痛；而小熊是被邪神選定的祭品，所以可以暢行無阻，不會產生任何問題。

雖然害怕獨自一熊走進草原，但小熊也不願看見護衛們爲了自己面臨生命危險。

而且，還有一個好消息：螢火大草原上的魔物大多是夜行性的。

如果小熊能在白日成功穿越，就不用擔心遭受魔物的攻擊。

爲了讓公主的熊身安全獲得一定程度的保障，眾人加快速度朝目的地前進。

小熊獨自坐在馬車裡，一顆心控制不住地怦怦跳。

再過不久……再過不久就得展開獨自一熊的冒險之旅。

她感覺自己像要分成兩半，一半希望天空不要暗下，另一半又希望能早點靠著星光點亮召喚功能。

救命，她是那種上廁所都想找人陪的類型，現在要她孤身面對不知長得是圓是扁，但肯定很嚇熊的邪神……

啊啊啊，早知道今天就不要貪圖男色抽卡了！小熊抱頭哀號，痛恨自己就是管不住手。

不抽卡就不會穿越，就沒有後面連串發展。

網路說的對，抽卡會使人不幸。

新活動才剛開始，不立刻抽卡也不會怎樣，反正男人們在卡池裡又不會跑走。

要是她能先跑活動劇情，說不定就能得到更多情報，在這個世界裡就不用像睜眼瞎一樣摸索了。

啊，也不對。

活動裡的祭品公主才不會是個男的還覺醒自我，結果跟護衛手牽手私奔去了。

小熊頹廢地躺在椅子上，雙手交握，只要再擺上一朵白玫瑰，感覺就可以直接表演一隻熊的葬禮了。

馬車持續快速前進。

車廂內的防震措施做得很好，小熊沒感受到太明顯的顛簸。

最開始小熊還有心思看看外頭景象，再怎麼說都是穿進自己喜歡的手遊裡，這種絕無僅有的機會當然不能放過。

……也拜託這種機會一次就夠，千萬別有第二次。

小熊誠心祈禱，甚至願意戒課金三個月作爲代價。

似乎爲了不要驚動城裡民眾，馬車一出王宮就挑人少的路線走，沒多久便鑽進蔥郁的森林裡。

窗外景色如出一轍，新鮮感自然很快退去。

小熊躺了躺又霍然坐起，想起大祭司給她的那卷羊皮紙。

都忘記拆來看了！

她連忙抽開綁在上面的小小蝴蝶結，把紙攤平。

沒想到紙捲居然意外地長長長……長到能佔滿整張椅子。

其上密密麻麻的字，與其說是預言，不如叫短篇小說了吧。

好在都是小熊看得懂的文字，簡單來說就是再親切不過的繁體中文。

開頭看起來不像預言，更像一段亞倫泰王國的歷史故事。

原來一百年前，亞倫泰王國就曾有邪神降臨。上一任邪神沒有指名公主或是誰作爲祭品，亦以深淵之谷作爲它的根據地。那裡被黑暗浸染，動植物皆成邪惡魔物，在周邊引起動盪。騷動逐漸向外擴張，眼看就要波及其他村落城鎮。

國王雖派軍隊抵抗，但只要邪神不滅，那些受到黑暗浸染的魔物就會源源不絕地一再出現。

這時王國裡有英勇之士組成一支小隊自願前往討伐邪神。他們在眾人期待下踏上危險旅程，最終凱旋而歸。

上一任邪神被消滅了，勇士們被尊爲勇者，其中貫穿邪神心臟的武器更被封爲

「勇者之劍」。

「現在是第二任邪神……所以這個還是繼承制嗎？」小熊滿心困惑，繼續看下去。

歷史故事結束，後段看起來是很像詩歌的短文。

應該就是大祭司從神祇那邊得到的預言吧。

破壞的邪神降臨。
陰影朝四面擴散。
詛咒的力量如海嘯侵襲。
唯有英勇的亞倫泰之女，不畏黑暗威脅。
在幽暗狹路中毅然前行。
她將遵循勇者足跡，取得勇者之劍。
百年前戰役結束，勇者之劍化作星光之柄，以及……

小熊不敢置信地瞪大眼，「以及」後面的文字呢？爲什麼沒有了？反而出現一個發光箭頭。

就像玩遊戲時，要繼續下一個劇情關卡，畫面上得按下的箭頭一樣。

小熊戳了發光箭頭好幾下，但毫無反應，預言就這麼斷在這裡。

搞半天，原來不只是短篇小說，還是個連載的！

問題是作者你不能斷更在這裡啊！

小熊急得想揪自己毛毛。預言大意她懂，是要她去找傳說中的勇者之劍打倒邪神。

可是，後段又說百年前戰役結束，勇者之劍化作星光之柄，以及……

重點就是那個以及什麼呀！

小熊忍不住揪下了幾根毛毛，揪完後又心疼得直冒淚，天曉得揪下來的毛到底算哪個部位的。

萬一是她珍貴的頭髮怎麼辦？

熬夜一族最怕頭禿，她甚至考慮過把每根頭髮都取名字，好讓它們能更堅強地存在自己的頭皮上。

小熊不揪毛了，改把熊爪子放進嘴巴裡，含個熊掌壓壓驚。她這個平民終於初次品嘗到熊掌的滋味，雖然感想只有含了一嘴毛。頂多是有點香香的，可能熊寶貝這個種族天生自帶體香吧。

含了一下熊掌，小熊稍微冷靜下來。她深吸一口氣，把那卷斷更的羊皮紙捲好收進包包裡，打開馬車窗戶，向外面的護衛長喊。

「大哥，問你一個問題！」

護衛長不覺得公主喊他大哥哪裡不對，星戀之神的力量能消除這些小問題。

「殿下您請說。」

「你知道勇者嗎？就是一百年前，打倒上一任邪神的勇者。」

「啊，您說勇者嗎？」護衛長確實知道，馬上滔滔不絕地與小熊分享勇者的傳說，「他們是拯救亞倫泰王國的偉大人物，百年前若是沒有他們，王國說不定會迎來毀滅的危機，所有人至今仍深深感謝他們爲國家做的一切。」

「呃，那這次新邪神出現，怎麼沒有……」小熊欲言又止，用「你懂吧」的眼神瞅著護衛長。

護衛長確實讀懂了，「大祭司日前已在王城公布預言。預言說了，殿下您將會打倒邪神，一切希望都繫在您身上了，況且勇者小隊現在也……」

換護衛長給小熊一記「殿下您也懂吧」的眼神。

小熊花了一點時間才領悟過來。

亞倫泰王國由人類創建，勇者小隊有極大可能是人類組成的。

現在一百年過去了，勇者小隊若還有人活著，也都是老爺爺或老婆婆了吧。

要他們去打邪神是有點不太人道。

「那你知道勇者之劍現在在什麼地方嗎？」

護衛長遺憾地搖搖頭，「這恐怕只有勇者小隊才知道。如果殿下您成功穿越螢火大草原，也許有機會找到勇者小隊其中一人的後代。」

「什麼？真的嗎？」小熊大感振奮，迫不及待地追問：「是誰？是誰？在哪裡？」

在護衛長的說明下，小熊對百年前的勇者小隊有更深入的了解。

原來勇者小隊由五人組成。

其中三人已年老去世，兩人遊歷世界各地，行蹤不明，不知現今是否仍在世上。

而去世的其中一人，當年接受國王冊封成爲男爵。在他死後，由他的兒子承襲他的爵位和領地。

「盧西恩．莫亞男爵是勇者的後代，肯定對勇者之劍的去向多少有些了解吧。」

知道下一步該怎麼走，小熊頓時感到安心許多……

——並沒有。

護衛長告訴她再一會兒即將抵達螢火大草原邊界時，她的頭皮險些炸開。

這不就表示接下來剩她一熊要想辦法穿過那什麼的大草原了嗎！

而且大草原上聽說有很多魔物。

魔物到底長怎麼樣？有魔物的話……會有、會有阿飄嗎？

小熊抓著紅斗篷瑟瑟發抖，連「鬼」字都不敢多想，就怕想了眞的出現。

但不管小熊如何心驚膽顫，該來的還是會來。

註定要面對的劇情也還是要面對。

車隊停下了。

過不久，車門被恭敬地打開，護衛長半彎著腰，手按在胸前，迎接小熊下車。

小熊吞吞口水，看著馬車與地面的距離，最後選擇眼一閉、心一橫，從馬車上跳了下來。

幸好沒打滑也沒摔跤。

站穩身子，小熊環視全都下馬向自己彎腰行禮的護衛們，一顆心七上八下。

「殿下，接下來的路……就得靠您自己了，請您務必珍重小心。」護衛長強掩傷懷，但眼眶忍不住微微泛紅。

即便預言說道他們的殿下能成功打敗邪神，但如此沉重的職責只由她一人承擔，未免太過殘酷。

「殿下，請您珍重小心！」一眾護衛也大聲地說。

小熊胡亂點了下頭，也不知該說什麼。總不能說她不想跑劇情了，她不跑怎麼回得了現實世界？

她深吸一口氣，最後毅然決然地邁出一步。

然後頓住。

……不，在那之前，你們一群人把我圍得密密麻麻，好歹留個出口讓我知道螢火大草原往哪邊走吧。

第4章

螢火大草原不愧是大草原。

小熊揹著背包，看著比自己高了不知多少的草，瞬間頭暈眼花。

這對她來說已經不叫草原了，分明是個大迷宮。

她一隻熊走進去，立刻被吞得不見熊影。

護衛們還在身後目送著她，小熊鼓起勇氣，慎重地邁出她熊生重要的一步。

接著是第二步、第三步……

有了算是順暢的開頭，接下來便容易多了。

小熊不管不顧地往前狂奔，一頭栽進彷彿沒有邊際的綠色大迷宮。

據護衛長所說，螢火大草原極廣，草葉有高有低，地形同樣有高有低。

乍看是片草比人高的驚人草原，但其中也有低窪處，不會一直讓人看不見前方。

而會被稱為「螢火大草原」，主要是因它夜晚會散發點點螢光。

那些光芒並非源自小蟲，是由這裡的原生植物飄散出來。眾多植物群同時噴吐銀白或橙黃的細碎螢光，那幅光景著實令人讚歎，彷彿天上的星光和月光從高處落下，讓人觸手可及。

螢火大草原尚未被邪神詛咒覆蓋、魔物也還未狂暴化之前，這裡是亞倫泰王國人民相當喜愛的景點。

當時還流傳著，在新月之下、螢光最盛的那一刻許下自己的心願，就能實現。

姑且不論眞假，也不管大草原飄滿螢火時有多美，小熊唯一的念頭就是加快速度。最好能白天就成功闖過這片大草原。

小熊可沒忘記，夜晚是大多魔物的活動時間。

她才不想成爲魔物的盤中飧。

小熊的決心是堅定的，但現實是殘酷的。

她忘了如今自己不過是隻矮不隆咚的熊，雙腿也短得不行。

憑著自己那雙小短腿，別說趁白晝時橫跨大草原，恐怕花上兩天都有困難。

白日的大草原格外靜謐，小熊不知道這與邪神的詛咒是否有關，或是本就如此。

她一開始卯足了勁狂奔，跑得上氣不接下氣，感覺肺部像要爆炸，灼熱感一路燒到喉嚨。

死撐著一口氣，等到跑出擋住她視野的高大草叢後，才放慢腳步，由跑改成走。

小熊大口大口地喘著氣，摸摸自己的頭，不曉得是否種族因素，意外地沒流汗，沒有變成一隻汗涔涔的熊。

脫離遮蔽視線的茂盛高草，小熊忽地意識到一個大問題。

大家只告訴她要穿越螢火大草原。

但從哪個方向走才算是成功穿越，才能找到那位勇者男爵的後代？

就連星戀之神也沒告訴她呀。

星戀之神只說可以靠遊戲的劇情頁面獲得提示……對，提示！

小熊一時顧不得趕路了，她在視野遼闊的草地停下，若附近有任何風吹草動，也能及時做出反應。

手機暗下的螢幕一亮，自動顯示出卡池召喚的頁面。

免費召喚鍵依然呈現無法點按的灰白色。

小熊點開劇情選單，看見僅有「祭品公主的逃跑之夜」發光，其他欄位一片灰暗。

她試著按下發光的位置，沒想到畫面突然跳轉，跑出一幅局部地圖。

地圖上標著兩顆光點，一顆寫著螢火大草原，另一顆則是……

「西恩城……」小熊一字一字地唸，旋即記起護衛長曾說過，那位繼承爵位的勇者後代好像是叫……

盧西恩．莫亞男爵！

小熊又試著點按標示地名的兩顆光點，「螢火大草原」按了沒反應，「西恩城」的光點一按下去……

好像也沒發生任何事。

「不會吧，好歹給我個方位吧！這要我怎麼知道西恩城是要往東西南北哪邊走！」小熊心急地抬頭張望。

這一望，本就圓的眼睛瞬間瞪得更加圓滾。

原來不是無事發生。

只是不是發生在手機上。

小熊嘴巴開開，震驚地遙望遠方。

在一望無際的藍天下，有個金燦燦的超大箭頭如此耀眼。

箭頭向下，還一顫一顫地震動著，彷彿在全力彰顯自己的存在。

小熊低頭看看手機上的西恩城，再看看遙遠彼方大大的金箭頭。

剎那間，她悟了。

可以，這個提示很遊戲。

小熊試著再按螢幕裡西恩城的光點，遠方的金色大箭頭即刻消失，再一按，箭頭又出現。

她鬆了口氣，雖然不知道箭頭一次能維持多久，但看樣子不見了只要再按一下就能重新出現。

如此一來，她總算有個標的物能參照方向，不用像無頭蒼蠅在螢火大草原上跑得茫茫然了。

「我可以的，我應該可以的！」小熊爲自己加油打氣。

爲了她的家人朋友，爲了她辛苦繳的房租，還有爲了她花錢得到的那些男人們。說什麼她都要可以才行！

披著紅斗篷的亞麻色熊寶寶經過短暫休息，重新踏上旅程。

或許受目前種族的影響，明明沒有休息太久，但流失的體力好像已恢復大半，雙腳又能輕快地邁動。

餓了、渴了，她就拿出背包裡的乾糧與晶露球。

乾糧挺像現實世界的壓縮餅乾，吃起來味道淡淡的。

小熊特地淋了一點點東泉辣椒醬爲它增加滋味，但也不敢淋太多，這可是此世界僅有的一瓶東泉，要且用且珍惜。

乾糧帶來的飽足感很夠，吃了半片，小熊覺得自己肚子已有八分飽。

晶露球外觀像圓圓的彈珠，不過體積比彈珠大一圈，大約是五十元硬幣的大小。口感吃起來像QQ果凍，沒什麼味道，但吞下去能感受到喉嚨被滋潤的涼快感。

吃了半顆晶露球，小熊感覺自己又能撐上一段時間。

只是即便小熊再怎麼樂觀，也拚命爲自己加油打氣了，然而獨自走在似乎走不到盡頭的蒼綠草原上，還是讓她生出被全世界遺棄的感受。

雖說她最初是在無人房間甦醒，但周遭擺設無一不顯示是有人居住的地方。之後不管是被打扮、被當成祭品公主送上馬車，或是前往螢火大草原的途中，她都不是孤單的。

而現在，是她穿越過來後眞正第一次身旁不再有任何人。

小熊緊揪著斗篷衣領，眼眶不自覺染濕一圈，負面情緒如烏雲急速覆蓋心頭。

好想有人陪，不想自己一個人……嗚嗚嗚，現在我連人都不是了。

我明明只是個熱愛抽卡課金、還會定時運動的普通自由業，爲什麼偏偏碰上這種鳥事？

好想念老爸、老媽跟老哥，還有我最要好的麻吉小蘇……

不知道小蘇目睹自己平空消失會多驚慌失措，總是面癱的臉一定會裂開吧。

小蘇會報警嗎？會跟我家人講我突然失蹤嗎？

我該不會會上新聞吧！

標題類似——獨居女子玩手遊抽卡時無端消失，究竟是外星力量突然入侵，抑或不明玄學發生！

一隻熊真的太孤單寂寞冷了。

對好友的思念之情讓小熊決定拔起草原上的一束花、一束草，再撕下自己小斗篷的一角……

噔噔噔，一個長得像晴天娃娃的小東西完工了！

可惜沒帶筆，沒辦法在臉的位置寫字。

不然小熊就要寫上大大的「小蘇」兩個字。

我的心之友啊，嗚嗚嗚，我真的太想妳了！

要是妳也能穿越陪我一起玩刺激滿點的草原大逃亡就好了！

雖然沒筆寫好朋友的名字，但在小熊心裡，它就是小蘇的化身。

有了小蘇娃娃的陪伴，小熊總算可以大吐苦水，而不是像個神經病自言自語。

呃……對娃娃說話好像還是挺神經病的。

孤單讓小熊果斷拋棄形象，何況這裡連人都沒有。

就連小熊自己，也只是一隻熊。

小熊抓著好友的替身，準備喋喋不休向它大肆抱怨之際，一道若有似無的聲響倏然乘風送至她耳邊。

「幫幫我……幫幫我……救命！」

小熊的熊耳朵猛一顫動，好像聽見女生呼救的聲音。

前面有人！

「小蘇、小蘇，前面有人耶！」小熊抓著小蘇娃娃激動地嚷，「只要我救了她，就會獲得新同伴對不對？」

小蘇娃娃沒有回話，別說嘴了，她連臉都沒有。

小熊也不嫌棄，她對替身很包容的。

爲了獲得新同伴，小熊雙眼放光，加快速度，全力朝聲音來源飛奔而去。

夕陽之下，青碧色的草葉由低矮再次變得高低交錯，小熊不時奮力跳起，才能看清更前方的景象。

隨著距離逐漸拉近，傳進小熊耳內的呼救聲也變得越發明顯。

從嗓音判斷，是個年輕女人。

不知道她碰上了什麼事？是受傷了？還是因為誤闖螢火大草原才身體不適倒下？應該不是碰上魔物吧，聽說魔物入夜後才會出現。

諸多想像在小熊腦內盤旋，但這絲毫不妨礙她狂奔的速度。她個子雖小，吃飽喝足後，衝刺速度仍可稱得上像陣小旋風。

這陣小旋風颳過一叢叢草葉，啪沙啪沙的聲音打碎了周遭寂靜。

在小熊的全力衝刺下，終於看到呼救之人的模樣。

就如她的猜想，呼救人是年輕女性。

女人趴倒在地，裹著一件灰撲撲的斗篷，又高又密的草葉遮蓋她大半身軀。髮間露出一張蒼白的臉，嘴巴微張，虛弱的呼喊聲斷續逸出。

小熊跑過來的動靜不小，立即引起年輕女人的注意。

小熊的出現對她來說就彷彿溺水者見到浮木，她臉上浮現狂喜，使力支起上半身，朝小熊大幅度地揮擺手臂，深怕小熊看不見。

「幫幫我……幫幫我……救命！」女人嘶啞地喊，嗓子像許久沒被滋潤。

「我來了！我這就來了！」小熊三步併作兩步地跑到年輕女人面前。

小蘇娃娃先放一邊，她迅速從包裡拿出一顆晶露球，往對方唇邊一湊，關切的詢問如子彈篤篤發射。

「妳還好吧？只有妳一個人嗎？發生什麼事了？妳怎麼會來到螢火大草原？妳不知道這裡……」

被邪神詛咒了嗎？

未竟的問句含在小熊嘴裡，遲遲沒有吐出來。

因爲在極近距離下，她這才看清年輕女人的眼睛——那是一對黃澄澄的眼睛，瞳孔尖長，像是她吃過的杏仁。

與此同時，年輕女人沒有吞下小熊遞出的晶露球，只是重複說道。

「幫幫我……幫幫我……救命！」

小熊寒毛不自覺豎起，後知後覺地意會過來，從她聽到呼救聲開始，聽到的好像一直是同一句。

宛若要印證小熊的猜想，年輕女人直勾勾地看著她，嘴角往兩側提拉，直到裂到耳際後。

然後那道嗓音又說：

「幫幫我……幫幫我……救命！」

小熊全身發毛，靈敏的熊耳這一刻捕捉到細微聲響。怪異的沙沙聲從草叢傳來，猶如什麼正緩慢地在地面拖曳爬行。

她不自覺地屏住呼吸，以半蹲姿勢慢慢往後退。她不敢一下子動作太大，以免刺激到那個看起來不太像正常人類的女人。

「幫幫我……幫幫我……救命！」

年輕女人嘴裡呼救，可怪異的笑容咧得老大。她朝小熊伸出手，似乎想要握住那隻毛茸茸的熊掌。

這一刹那，小熊眼角餘光瞥見了沙沙聲的眞面目。

一條暗紅色、差不多與她身體一樣粗的蛇尾，正偷偷摸摸地往她靠近。

小熊怕的東西很多，鬼是第一名，而蛇絕對也在前五名中。

她臉一白，半蹲的身軀再也控制不住地往半空直竄。

救命！有蛇！好大的蛇！

殊不知小熊無意間的動作，反而避開猝然襲來的暗紅蛇尾。

撲空的蛇尾落地，只會不斷重複句子的女人終於變了表情，笑容一斂，轉爲凶惡猙獰。

一聲尖利嘯聲從女人喉嚨傳來，她上半身猛地施力，像枚炮彈朝小熊撲去。

那條讓小熊面如土色的蛇尾同時也有動作。

小熊終於看清楚，那條蛇尾連在年輕女人的腰肢下。

那不是年輕女人，是蛇女！

「媽啊啊啊啊啊——」淒厲慘叫爆發，小熊不忘帶上小蘇娃娃一塊逃命。

她連滾帶爬地向另一端跑，這還是她頭一次眞正面對所謂的魔物。

救命，這也太嚇人了！

它有尾巴！這個女人長著一條好大好粗的蛇尾巴！

蛇女的尾巴像鐮刀「唰」地砍過——

過於恐懼激發出驚人的爆發力，小熊在地上一個熊打滾，蛇尾沒砍到她的熊頭，卻砍下了娃娃的腦袋。

小熊當場爆出驚天哀號，「小蘇啊！妳死得好慘——」

紅色布料飛向空中，包在裡面的花花草草跟著向下飄散。

不，那不是花草，那是小熊想像中小蘇的秀髮。

失去頭髮也失去腦袋的小蘇娃娃掉入草原，一下便不見蹤影。

小熊只能心痛地含淚向它告別，決定晚點就來做小蘇二號。

只要她有手有材料，小蘇就能源源不絕！

小熊蹦跳起來，邁開雙腿直往還能看見的金色大箭頭火速狂奔。

她眼淚都被嚇得流出來了，平常看到蛇她一定退避三舍，更何況如今是一個女人的下半身長著一條粗長蛇尾。

看動漫、玩遊戲時還能說人身蛇尾感覺好辣，可身歷其境，尤其那人身蛇尾的存在隨時能一口吞了自己……

別說辣，根本是辣得要命。

隨時能要她小命！

小熊死命地逃，大腦瘋狂發出警報，要是跑太慢被蛇女抓到，整隻熊都會被吞下肚的。

亞倫泰王國還沒結束，她的熊生就會先結束。

小熊同時氣得想大罵，不是說好魔物晚上才會出來？黃昏時出現太不講武德了吧！

而就像充分詮釋什麼叫「有一就有二、有二就有三，無三不成禮」這句話，隨後的逃亡時間裡，小熊簡直像捅了魔物窩一般。

更多魔物紛紛冒出頭，讓追趕的隊伍越來越壯大。

小熊只能慶幸先前吃了乾糧和晶露球，才有足夠體力支撐她一路跑跑跑。

她從傍晚跑到入夜，後方的魔物群始終沒有放棄的跡象。

然後……

然後小熊就靠著她撞出來的滿頭星光。

單抽抽到一隻奇蹟五星角。

絢爛璀璨的七彩光芒在草地湧現，像是無風自起的光浪。過於耀眼的光輝逼得四周魔物本能地生出幾分畏怕，不由自主地後退一段距離。可光圈中的小熊散發出令它們難以抗拒的香氣，嗅到那股味道，全身上下都在吶喊著想吃。

魔物們捨不得拋棄面前的美食，也不敢冒險上前，只能忌憚地圍繞在旁，遲遲不肯退去。

七彩光圈沒有維持太久，一會過後，總算徹底平息下來。

在小熊面前的是背對她的銀髮高大男人，更前方則是對她虎視眈眈的魔物們。見到令它們忌憚的彩光消失，一票魔物的心思蠢動起來。口涎從它們嘴角淌落，一雙雙猩紅眼睛緊盯小熊不放，就像看著最美味的大餐。雖然銀髮男人身上也帶有令它們生畏的古怪氣息，但食欲最終壓倒了心尖那點懼怕。

魔物接二連三發出吼叫，爭先恐後地朝銀髮男人兩側衝去，認爲這樣就能避開與他正面衝突，直接攻擊小熊。

「呀啊啊啊！」面對一群想撲向自己的駭人魔物，跌坐在地的小熊只能尖叫。

她不是不想跑，而是剛剛單抽出奇蹟的激動讓她不小心腿軟了，緊要關頭硬不起來。

小熊嚇得反射性閉上眼，不敢目睹將被吞吃入肚的畫面。

然而就在她閉上眼的剎那間，佇立在原地的挺拔身影霍然動了。

魔物們甚至來不及越過銀髮男人一步，一絲紅線先在它們頸項上浮現。

紅線出現得迅速，轉眼如同項鍊纏繞一圈。

下一秒，魔物脖子上的腦袋高高飛起，鮮紅血液從整齊的切口處噴出，彷彿道道紅色噴泉。

往前衝的無頭身軀像被施了石化魔法，全都僵固在原地，接著直挺挺往地面摔下。

最後潰散成一地白光。

那些飛向天空的腦袋是同樣下場。

假若小熊沒有閉上眼，就會明白爲什麼魔物全都化成白光，屍體及滿地血腥絲毫沒有留下。

爛漫星光之戀——是個標榜適合十二歲以上兒童遊玩的乙女向遊戲。

銀髮男人拔劍到魔物灰飛湮滅，一切發生在瞬息之間。

小熊緊閉著眼，熊耳則無意識地豎得老高，試圖捕捉身邊動靜。

例如那些魔物是不是離自己只剩下一根指頭的距離？張開眼是不是會面對一張血盆大口？

但是……好像沒聞到什麼腥臭味？

那些魔物肯定不會刷牙，沒味道是表示它們還沒過來嗎？

還有，周圍是不是忽然變得太過安靜？那些嚇人的咆哮聲怎麼都不見了？

小熊心裡生起狐疑，強忍著害怕，小心翼翼地先掀開一隻眼睛。

沒看到可怕的魔物，只看到一名帥得天怒人怨的銀髮超級大帥哥單膝蹲跪在她面前。

用一句話來說，就是不愧爲乙女遊戲五星角的臉。

銀髮宛如月光碎片，酒紅色眼珠像是深邃奧祕的紅寶石，五官沒有一絲瑕疵，宛如無死角的完美雕塑。

皮膚很白，卻不是病氣的那種白，而是令人想到白瓷的冷白色，襯得他的紅眼更加鮮艷。

爆擊人心的美色當前，小熊深覺漏看一秒都是對那張臉的不禮貌，忙不迭張開另一隻眼睛。

男人單膝跪在小熊面前，深色大氅垂曳在地，一圈低調奢華的皮草圍繞在頸側。他一襲銀色鎧甲，一手拄著劍柄，一手向小熊伸出，掌心向上，如同一名要向她獻上忠誠的騎士。

在小熊看來，這不僅是騎士。

那股禁欲高潔、彷彿不容褻瀆的氣質，分明就是妥妥的聖騎士！

從外貌來看，他沒有特殊種族擁有的特徵，看起來就像一名人類。

那麼人魚族王子、有翼族王子、獸人族王子、精靈族王子和矮人族王子都能排除在外了。

所以說……自己是抽到那個神祕角了？

在那雙深邃紅眸的注視下，小熊腦子暈沉沉的，不由自主地把自己毛茸茸的熊掌放在那隻手上。

剎那間，一道鮮紅花紋在虛空中出現，最後形成一朵玫瑰似的鮮紅圖騰。

「說出妳的願望。」男人聲音低沉，落在耳畔令人心尖發顫。

如果可以，小熊最想許的願望是讓她馬上回到台北的溫暖小套房。但星戀之神說過了，唯有打敗邪神，她才能回去。

似乎嫌棄小熊動作慢，空中的玫瑰圖騰竟隱隱有變淡的跡象。

小熊直覺不能讓花紋消失，情急之下，想也不想地脫口喊出，「陪……陪伴我！直到我打倒邪神！」

似乎覺得強行綁定對方，自己又無法支付薪水的做法太慣老闆了。

設身處地地想，給她案子的甲方敢這樣做，她一定痛罵、封鎖、刪除一條龍，從此掰掰不聯絡。

小熊試圖做點彌補。

「呃，不過若是遇到得逃跑的時候，我保證會帶著你一起逃的！」

一起當逃跑好同伴還是做得到的，至於保護人什麼的……小熊低頭望了一眼自己的小身板，還是挺有自知之明。

願望說出，玫瑰圖騰霎時一分為二，各自朝著男人和小熊的手中飛去。

當半朵玫瑰烙印在小熊的手背上，她頓覺皮膚一陣灼燙，隨後一股難以言喻的玄妙感覺浮上心頭。

大腦裡有個聲音告訴她，她和她召喚出來的男人成功締結契約，對方的名字也自然而然地浮現。

「柯諾斯？」小熊傻愣愣地蹦出這三個字。

「妳好，我的主人。」柯諾斯微微一笑，那抹笑容比破開黑夜的月光還迷人，「我是來自遙遠彼方的騎士，柯諾斯。我將隨妳踏上旅途，不畏艱難陪伴在妳的左右，直到完成妳的願望。妳真是我見過最動人美麗的女士了，能夠被妳召喚，是我莫大的榮幸。」

誰會不喜歡被大帥哥恭維？

起碼小熊就愛死了。

她摀著胸口，感覺自己心裡有一萬隻小鹿在亂撞。

柯諾斯還在竭力讚美小熊，每一句話彷彿蘊含最眞誠的心意，如鑽石閃閃發光。

「妳的眼睛比海底的黑珍珠還要美麗，妳嬌小的個子無比惹人憐愛。」

小熊激動得想要跺腳，恨不得柯諾斯再多說一些。

柯諾斯沒有讓她失望。

如大提琴沉厚的悅耳嗓音在月夜下繼續爲她讚頌。

「妳肥厚的熊爪子肯定是用可愛鑄造而成，毛毛的身體充滿著無限的魅力，微鬈的亞麻色濃密毛髮簡直讓人沉醉其中。」

慢著，這些讚美是不是哪裡怪怪的？

小熊心裡的小鹿們倏地全都緊急煞車，不知道自己該不該再跳。

柯諾斯似乎沒有察覺小熊的異樣，視若珍寶地輕輕握著小熊的爪子，彬彬有禮地提出了一個請求。

「那麼，我的主人，請問我可以吸妳一口嗎？」

「吸……什麼？」小熊腦筋打結，舌頭也打結，「你說吸……」

柯諾斯單方面地把小熊的反問認定爲同意，「感謝妳的寬宏大量。」

說時遲、那時快，男人立刻丟了長劍，也不管跟著自己出生入死的同伴孤單地倒在地上。

一雙大手迅雷不及掩耳地抱住小熊。

接著，外貌零瑕疵的英俊男人毫不遲疑地將整張臉埋進小熊毛茸茸的肚子，用力深深吸了一口、兩口、三口……

最後乾脆把臉埋在她肚子，再也不肯拔起。

小熊全身僵硬，彷彿一隻石化的熊寶寶。

她能感受到自己被人牢牢地從腋下舉起，肚子緊緊貼著溫熱的物體，時不時還有淺淺氣流吹拂她的肚皮和肚皮上的毛毛。

帥哥的臉埋在她肚子上……帥哥的臉埋在她肚子上……

這句話循環多次後，小熊當機的大腦終於重新運作，她驚恐地轉動眼珠，看著如今壓根連臉都看不見的男人。

柯諾斯的舉動她太熟悉了，不就是跑去貓咖瘋狂吸貓的自己嗎！

將臉埋進貓貓的肚子裡，用甜膩的口吻喊著小寶貝讓我吸一口就好，但其實猛吸N口才肯放開。

只是現在被吸的不是貓，是她這隻熊。

噫啊啊啊！她的清白沒有了，她再也不純潔了！

要是小熊面前現在有鏡子，她就能看見自己露出了宛若名畫〈吶喊〉的表情。

柯諾斯遲遲不肯抬起頭，他渴望這份毛茸茸的美妙滋味太久了。

打從他記事起，凡是長毛的動物都不肯靠近他一步，簡直把他當成洪水猛獸。

雖然不知道此刻被自己緊緊抱住不放的幼熊，爲什麼有辦法成功召喚自己……

但主動送上門的毛茸茸，不抓緊機會綁在身邊才是蠢貨。

都說人的悲歡不能相通。

人和熊之間也是。

小熊不會明白柯諾斯一心想把彼此鎖死的企圖，柯諾斯也不會理解小熊悲憤欲絕的心情。

小熊現在只想放聲大哭，就知道天上不會白白掉下餡餅，更何況是超級大帥哥。

誰曉得帥哥居然是個變態絨毛控啊！

「我真的太幸運了，小熊小姐，能夠和多毛又充滿絕世魅力的妳締結契約。」

柯諾斯終於依依不捨地離開小熊肚子，紅眸裡的感情真摯無比。

一如小熊能藉由契約得知柯諾斯的名字，柯諾斯同樣也能獲知小熊的姓名。

「如果，我是說如果……」小熊看著那張俊顏，顫顫地發出靈魂質問，「如果哪一天我變成人……你會怎樣？」

柯諾斯依舊笑得聖潔矜貴。

「殺了妳喔。」

小熊從來沒想過，有一天她會如此慶幸自己是隻熊，而不是一個人。

如果她維持現實世界的模樣直接穿進遊戲裡，在召喚出柯諾斯的瞬間，別說締結契約了，會先跟小命說掰掰吧。

雖然柯諾斯的笑容很溫柔，但那簡短的四個字簡直沉重如山，至今仍壓在小熊心頭上。

憑她玩過各式乙女遊戲，收集各種男人的經驗，柯諾斯眞不是在開玩笑。

她當時可是看得很清楚，他唇邊有笑，可眼裡半點笑意也沒有。

不管如何，能躲過生死危機就是好事。

柯諾斯自稱是來自遙遠彼方的騎士，聽起來不像隸屬亞倫泰王國，以及周遭的五個國家。

也不曉得他究竟來自何處。

但總歸不是普通人。

能成為五星角色，怎麼可能會是普通人呢？

除了那一手片刻間消滅魔物的劍技之外，柯諾斯很快地也在小熊面前展露另一項特殊技能。

——速度。

他輕鬆地把身高不到他腰間的小熊扛在肩膀上，還大方向小熊表示，要是害怕可以儘管揪著他大氅上的皮草沒關係。

那些毛怎樣也比不上小熊的毛珍貴。

明明聽起來是讚美，但小熊實在開心不起來。

所有見到帥哥的興奮在發現對方是個恐怖絨毛控後，全都化成灰，隨著今晚的風飄得一點也不剩了。

小熊提過想到螢火大草原另一端的西恩城，柯諾斯讓她坐在肩上，腳下一蹬，在開始飄散點點螢光的草原上奔跑。

乍看只是普通的奔跑速度，可周邊景色卻以倍速向後倒退。

小熊看了一陣覺得頭暈眼花，連忙閉起眼，過一會才又睜開。

不是爲了看清在她眼中糊成一片的風景，而是爲了從她的小包包裡掏出手機。

剛剛她就注意到裡面隱約有光芒閃耀，赫然是她的手機畫面在閃。

光點從選單位置發出，選項不知不覺竟多了一個「角色保管室」。

在原來的星戀遊戲裡，就是專門收藏角色的地方，可以看見自己抽到角色的所有資料。

小熊迫不及待地點開一看，毫不意外裡面只有柯諾斯一人物。

雖然這位帥哥很怪還很變態，但只要看到人物卡上的五顆星星，小熊仍是不禁生起一股滿足感。

要知道她好幾個月沒抽到五星角了，手氣非到用魔法小卡課金都救不回來。

沒想到久違的五星角會以這種方式來到她身邊。

小熊很想知道柯諾斯到底是何來歷，然而當她點開卡牌，躍入眼內的除了柯諾斯的半身肖像之外，就只有寥寥無幾的幾排文字。

姓名：柯諾斯
性別：男
年齡：不詳
種族：不詳
擅長：劍術
喜好：毛絨動物

不是，這資料會不會太簡單了？年齡和種族還直接打上不詳，彷彿要將「神祕」兩字發揮得淋漓盡致。

就算是星戀之神口中的神祕角，也用不著神祕到這種地步吧。

唯一稱得上有用的資料，就是那一排代表著戀絆值的十顆愛心。

如今五顆直接填滿成漂亮的粉紅色，另外五顆則似乎在等待顏色注入。

按照星戀之神所說，只要刷滿戀絆值，就能解鎖商城，也可以再抽新的角色成爲同伴。

小熊是星戀開服玩家，現實中遊戲的戀絆值有多難刷，玩過的人都知道。

如今一開場柯諾斯直接五顆愛心一口氣刷滿，無疑大大降低了難度。

說是大放送也不爲過。

可一想到這戀絆值是如何刷上來的，小熊就心情複雜。

感覺自己刷的不是愛，是毛。

留意到小熊的小動作，奔跑中的柯諾斯側頭看她一眼。

小熊想起手機最好別被看到時已經太晚，她的一顆心懸在嗓子眼，飛快切換頁面，小心翼翼問了一句。

「柯諾斯，你看這是什麼？」

小熊點開的是劇情地圖，這是她認爲看上去最安全的頁面了，最多是看到「祭品公主的逃跑之夜」幾個字。

柯諾斯的視線隨意瞥過小熊的手機，「一個發光的長方形盒子，是主人妳的玩具嗎？」

小熊大大地鬆口氣。

好消息，看樣子別人無法看見手機螢幕顯示的內容。

「主人喜歡發光盒子的話，我之後再去搶……再去找看看哪邊還有。」柯諾斯露出漂亮的笑臉。

……你剛是說搶了吧。

小熊強迫自己千萬別被那好看的笑容魅惑，「我不喜歡其他的，我就只喜歡我手上這一個。」

所以拜託你千萬別眞的去搶了。

在柯諾斯疾如風的速度下，一人一熊順利穿過螢火大草原，途中沒再碰上其他魔物偷襲。

當然，也可能仍有魔物賊心不死，只不過柯諾斯速度太快，魔物只能望塵莫及。

看見前方出現蒼翠密林，散發螢光的草葉也沒往密林方向延伸，小熊頓時明白，螢火大草原另一側的邊界到了。

視線受濃密枝葉遮擋，她看不見遠處的金色大箭頭，但只要一開始方向沒錯，也就不必擔心找錯路。

下一瞬，坐在柯諾斯肩上的小熊睜圓眼，短短的爪子忙不迭指向前方。

「那邊！那邊是不是有人倒在地上！」

所處位置變高，讓小熊一眼望見螢火大草原的邊界處，赫然倒著兩抹身影。

憑藉那些飄飛的金銀光點，小熊發現好像對方似乎是女孩子。

先前曾被蛇女矇騙，這回小熊可是仔細確認過了，她們的下半身確實是一雙腿。

那是人，不是蛇女偽裝的。

「有嗎？」柯諾斯卻是一臉冷淡地說，「主人妳肯定看錯了，那裡才沒有可愛、值得拯救的毛茸茸動物。」

「沒人跟你說那裡有毛茸茸動物。」受過現代教育的小熊無法對人見死不救，她扭動身子，想要從柯諾斯肩上跳下，親自去看個究竟。

即使自己沒什麼特殊能力，但再不濟也能分點乾糧和晶露球給對方。

察覺小熊的動作，柯諾斯眼疾手快地伸手按住她，不讓她離開自個兒肩膀。

見小熊意志堅定，他輕咂了下舌，不明白自己的主人幹嘛花心力在兩個沒什麼毛的生物上。

但誰能抗拒毛茸茸的熊寶寶用烏溜溜的眼珠看著自己呢？

柯諾斯就不能。

他立刻轉向，大步流星地朝那兩名昏倒在螢火大草原和森林交界處的人影走去。

隨著雙方距離越來越近，小熊也看清了兩人的模樣。

離他們較近的女孩有一頭燦爛美麗的金髮，背對著螢火大草原倒下，斗篷下露出的衣裙繁複華麗，像是有錢人家的小姐。

較遠的另一人也裹著斗篷，斗篷下是一身簡樸沉暗的服裝。

小熊下意識覺得這兩人應當是一起行動的，但她們怎會在夜晚時分跑到這裡？

兩人年紀看起來都不大，目測十二、三歲左右。

在二十七歲的小熊眼中看來，都還是小朋友。

十二歲，可還是國小生呢。

有良心的大人都不能棄小朋友於不顧的。

她連忙拍拍柯諾斯，要他再靠近一點。

柯諾斯確實走了幾步，然後停下，以體貼的口吻道，「主人，這距離足夠看清楚了，妳看完我們就可以走了。」

小熊不想忍了，管這男人多帥，她就要是對他大翻白眼。

她這是為了看清楚嗎？她明明是要看對方需不需要幫助！

就算只相處一小段時間，但從柯諾斯一開始表現出的態度，小熊已猜到這傢伙的認知鐵定與普通人不一樣。

啊，算了算了，乙女遊戲的男人哪個不是心理有病。

沒病還當不了五星角呢。

小熊發揮靈活度，像條泥鰍般從柯諾斯肩上扭身滑下，這次快得連柯諾斯都來不及攔住。

見自己主人邁著小短腿跑向那兩名昏倒的人，柯諾斯一邊讚歎那雙小毛腿跑得眞可愛，一邊只好跟上前去。

萬一那兩人是故意裝昏，想搶走他可愛的主人，他就可以直接一劍斬了。

要是小熊能聽見柯諾斯的心聲，一定會不吝惜地再送上一枚白眼。

又不是每個人都像他一樣，對絨毛動物有著如此極端的愛。

小熊先跑到金髮少女身前，「小妹妹，妳還好嗎？能聽得見我說話嗎？」

金髮少女雙眼緊閉，沒有絲毫回應，反倒另一名女孩有了動靜。

一聲微弱的呻吟從後方傳來，小熊馬上回頭，瞧見那名褐髮女孩眼皮顫動，不久後睜開了眼睛。

「啊……」薩莉慢慢張開眼，眼裡起初滿是迷茫，就連腦子也暈沉沉的，一時半會想不起來自己發生了什麼事。

直到她聽見一道飽含憂心的呼喊。

「小妹妹，妳還好嗎？坐得起來嗎？」

那是一道陌生女孩的嗓音，但引起薩莉注意的是話語中的「小妹妹」三個字。

小妹妹？是在喊誰？

自己年紀不小，都十三歲了。而小姐也……

對了，小姐！

昏迷前的記憶頓時一口氣如潮水湧上，薩莉想起發生什麼事了。

她幫小姐瞞過眾人耳目，溜出大宅，趁馬廄無人看守，偷偷摸摸地駕駛馬車一起離開，想私下進入螢火大草原。

小姐拍胸脯保證她都做足功課了，知道該怎麼去，也帶了能夠驅趕魔物、讓魔物不靠近的除魔粉。

可現在自己卻倒在地上……那小姐人在哪裡？

薩莉臉色一白，慌張地想尋找自家小姐的蹤影。

她顧不得弄清陌生聲音的主人是誰，急著想撐起身體，雙眼也慌亂地四下搜尋。

隨著她頭一抬，望見熟悉的人昏倒在前方不遠處，一動也不動。

不不不！薩莉感覺自己的呼吸心跳幾乎要停了。

萬一小姐眞的出事，她會一輩子後悔死的！男爵大人也不會饒過自己！

都是她的錯，她應該要攔著小姐的！

薩莉心慌意亂，忽略身旁傳來的多次關切，只想趕到小姐身邊。但才剛支起上半身，又力氣驟失地往下趴跌。

她的下巴差點重重撞到堅硬地面，是從旁伸出的一雙手及時撐扶住她。

薩莉愣住，沿著伸出的手往旁邊一瞧，烏黑的眼睛瞠大，混亂的腦海裡總算尋得一絲清明，想起先前確實有個聲音在喊自己。

「妳……妳是誰？不管妳是誰，求求妳，快救救我家小姐吧！」薩莉紅了眼，忙不迭向小熊請求，「請不用管我，快救救小姐！」

小熊從雙肩包裡拿出一顆晶露球，「妳先吃點這個，我這就去看看妳家小姐。」

小熊感覺自己像隻忙碌的小蜜蜂，忙著從東飛到西。她再跑回金髮少女身側，但不管怎麼叫喊，對方就是沒有睜開眼睛。

「柯諾斯。」別無他法之下，小熊只好求助那位不知爲何手按在劍柄上，一副隨時想拔劍的男人，「你能幫我看看她的狀況嗎？這位小妹妹該不會有生命危險吧。」

柯諾斯紅眸一掃，給出答案，「沒危險，只是昏過去，跑進螢火大草原的關係吧。好在還有一點腦子，知道要跑出來。」

柯諾斯這麼一說，小熊就理解了。

這兩個小女生應該是受到螢火大草原詛咒的影響，只不過金髮的這位影響比較大，才沒另一人醒得那麼快。

既然沒有生命危險，小熊鬆了口氣。

薩莉也聽到柯諾斯的話，回想起她和小姐確實是走進螢火大草原沒多久後，便感到呼吸困難。

小姐驚覺不對勁，急忙叫她往外跑，甚至不忘用力推她一把，讓她能快一步脫離這座在夜間如此美麗卻暗藏危機的草原。

想到小姐昏迷不醒都是爲了救自己，薩莉眼淚控制不住地落下。

受到小熊援助，薩莉忍不住將她與柯諾斯視作溺水時的浮木，急切央求他們，「我們的馬車就在森林裡，能不能請你們幫幫我送小姐回去？男爵大人一定會感謝你們的！」

「男爵大人？」小熊心想運氣該不會那麼好吧，下一刻就聽到褐髮女僕對她說。

「是盧西恩男爵，小姐是他的小女兒。」

小熊抽了一口氣，運氣居然真的那麼好！

如果將盧西恩男爵的女兒送回去，不就能把握與他接觸的大好機會嗎？

此時，小熊注意到小包包內又發出微光，有經驗的她趕緊拿出手機查看。

劇情地圖頁面更新了，第二格長方形欄位由灰變成彩色。

充滿藝術與花俏感的花體字書寫其上。

——男爵的苦悶與煩惱。

新劇情欄位化為彩色，代表開啓了新的劇情線。

看著已經暗下，但並未變回灰白的第一欄位，小熊知道「祭品公主的逃跑之夜」已成功過關。

從第二欄位的標題來看，很可能要想辦法幫助盧西恩男爵解決他的煩惱，才有望進入第三段劇情。

褐髮女僕介紹自己名叫薩莉，小姐的名字爲安琪拉，她是小姐的貼身女僕。

安琪拉依舊沒有恢復意識，憑小熊的個子和力氣，要攙扶對方實在太強熊所難。

何況柯諾斯也拒絕讓自己的主人做這種苦差事。

當然，他同樣拒絕伸出援手。

小熊不敢讓他伸手，免得這位表面看起來像聖騎士，內在多少有點扭曲變態的男人會乾脆俐落地拔劍出鞘。

好在薩莉已恢復一些力氣，雖然仍有點勉強，但最後由她扶著安琪拉，帶小熊他們找到了森林裡的馬車。

有著濃密鬃毛的馬匹讓柯諾斯相當中意，無視前者一副畏懼、戰戰兢兢的模樣，他充當起馬夫，坐在馬車外負責駕駛。

在薩莉的指路下，一行人踏上前往西恩城的路途。

小熊坐在馬車裡也沒閒著，想努力套點情報出來。

例如盧西恩男爵的爲人，他最近有沒有什麼煩惱？還有她們倆爲何要在晚上跑到螢火大草原？

將小熊視作救命恩人的薩莉老實回答了大部分問題。

——男爵大人脾氣溫和，是個好人，最近似乎爲了小姐們的教養感到煩惱。

但對於自己與小姐跑到螢火大草原一事卻是三緘其口，只說是陪小姐一塊過來的，沒想到會碰到危險。

小熊不免有些好奇，螢火大草原被邪神詛咒一事，難道她們不知道嗎？

她旁敲側擊一問，才發現薩莉真的不清楚。

離開森林不久，馬車駛過一段泥土路，不遠處逐漸出現城鎮的輪廓。

隨著道路鋪上平整石板，馬車正式進入西恩城的範圍。

入夜的西恩城一片寧靜，街上不見人影。

雖設有路燈，但數量不多，間隔也遠，只能為城裡投下微弱的照明。

小熊將臉貼上車窗，好奇地望著夜間城鎮的景象，感覺自己來到一座歐洲小鎮。

眼前的建築物都不高，普遍只有二到三樓；烏黑的梁木裸露在灰白泥牆間，類似小熊所知的半木構造風格。

馬車沿主要幹道一路向前，穿過長長的街道，再拐過幾個彎，男爵的雄偉宅邸便出現在前方。

緊閉的黑鐵大門像是沉默的守衛，攔阻馬車繼續前進；門後可以窺見廣大的庭園與位於中央的主建築物。

薩莉和安琪拉是從西邊側門偷溜出來的，為的就是避免被人發現。

但現在安琪拉陷入昏迷，馬車在大門前一停，薩莉便心急火燎地推開車門跳下，三兩步奔向大門。

黑鐵大門旁繫著一個鈴鐺，只要拉扯就會叮鈴作響，深夜裡的響動立時驚動門後的守門人。

本來坐著打盹的中年男人驚醒，看見門外的薩莉時不禁大吃一驚。

這個時間點……安琪拉小姐的貼身女僕爲什麼會在外頭？

「傑西大叔，快開門！小姐出事了！」薩莉心急催促。

縱使不明白現下究竟是什麼狀況，可事關自家小姐，傑西仍是迅速打開大門。

很快地，昏暗大宅內燈火通明，沉靜被一片騷動取代。

管家帶著幾名僕人急匆匆跑出來，瞧見馬車內失去意識的安琪拉，登時臉色大變。

顧不得追問其他，管家馬上高聲吩咐，「快點，快把安琪拉小姐帶進去！去請醫生過來！」

薩莉假裝沒看見管家巴不得戳穿自己的凌厲目光，低垂著頭，小小聲地向他簡單說明小熊與柯諾斯是幫助她們的人，再小跑步地跟進安琪拉房內。

管家深吸一口氣，今夜的突發意外讓他的太陽穴被氣得突突跳。

但他不忘維持職業素養，快速重整表情，準備將小熊和柯諾斯請至接待室休息。

就在此時，這座宅邸的主人露面了。

聽聞自家小女兒出事，盧西恩顧不得換上正式衣物，一身睡袍地出現在階梯上。

他是一名體格壯碩的中年人，一頭閃耀金髮與安琪拉如出一轍，寬鬆睡袍下仍能窺見到他健壯的身體線條。

「康斯坦，安琪拉怎麼了？她怎麼會出……」盧西恩急著想問管家目前情況，可視線一觸及大廳裡的小熊，就像忘記該怎麼下樓，一時僵立原地。

盧西恩緊盯小熊好幾秒，發現不是幻覺，而是活生生的存在後，他面露震愕，不敢置信地倒抽一口氣。

「殿……殿下!?」

那聲大叫迴盪在大廳裡，管家與尚留在廳裡的僕人們也愣住了。

盧西恩匆忙從階梯上跑下，衝到小熊面前，慌張地行禮。

「殿下，您怎麼會在這裡？」

管家幾人終於反應過來自家主人喊的殿下究竟是誰，大宅裡再次陷入一陣兵荒馬亂。

亞倫泰王國的公主無預警現身在男爵家，這是如此令人震驚的事。

尤其這位公主與她的騎士居然還碰巧救了男爵的女兒。

盧西恩連忙讓管家將人請到接待室，自己則上樓換了一套正式服裝，目前的模樣對公主太失禮了。

接待室桌上擺滿各式精緻茶點，一名女僕靜佇在旁，隨時聽候小熊差遣。

不多久，盧西恩便換裝到來，他揮揮手，要女僕先退下。

「眞的很不好意思，殿下……安琪拉給您添了麻煩。」盧西恩已從管家處得知大致的來龍去脈。

自己的小女兒不知爲何帶著貼身女僕駕駛馬車深夜外出，結果卻發生意外，被正好路過的公主二人救下。

「盧西恩大人，你怎麼認得我？」小熊好奇地問。

「我有幸見過國王陛下和王后，您和您的母親長得非常相似。」盧西恩解釋道。

小熊摸摸自己的熊臉，對於自己和王后長得很像這點不予置評。

「殿下，您怎麼會出現在這裡？」盧西恩也很疑惑一國公主爲何會跑來這座小城，「您是在哪邊救下安琪拉的？」

盧西恩的第一個問題，小熊沒有馬上回答。

她快速分析了下。盧西恩對自己離開王城一事感到不解，很可能是邪神指名要公主當祭品，還得自己外送到府這件事，一定程度上被封鎖消息了。

她晚點可以用其他理由，問問對方有關勇者之劍的下落。

在這之前，當然是先靠救了安琪拉這件事增加盧西恩的好感度，方便之後行事。

小熊略過在螢火大草原發生的事，只說他們是如何在大草原邊界發現昏迷不醒的安琪拉與薩莉。

聽見安琪拉竟膽大包天地帶著貼身女僕前往螢火大草原，盧西恩先是難以置信，接著臉上換成濃濃的感謝之情。

他知道現今的螢火大草原不若以往，在邪神詛咒下，已是處處充滿危機。

「眞的很感謝殿下出手相助，我那個笨蛋女兒實在太衝動了……」盧西恩光是想像可能遭遇的危險，就忍不住捏把冷汗，「眞不知道她到底在想什麼，她的兩個姊姊已夠讓我傷腦筋了，怎麼現在連她也……」

傷腦筋……所以女兒和男爵的煩惱有關嗎？

聽見關鍵字的小熊挺起身子，想抓住打探的機會，但比話語更快吐出的是大大的呵欠。

呵欠這種東西，一旦打開了開關，便再也停不住。

全副心力都放在小熊身上的柯諾斯自不會錯過，「主人，妳是不是累了？」旋即那雙鮮紅如寶石的眼瞳淡淡掃向盧西恩，像在無聲施壓，要人別再浪費時間，他家主人得要好好休息。

盧西恩登時感到一股無形壓力落下，令他後頸寒毛忍不住豎起。

他一邊暗自揣測公主的騎士恐怕大有來頭，一邊也沒忽視小熊無意間露出的疲態。

他立刻吩咐女僕，要她們趕緊爲公主與她的騎士準備舒適的房間和熱水，務必讓他們感到賓至如歸，好好享受這一晚。

即使小熊想盡早從盧西恩口中得到勇者之劍或是星光之柄的下落，但經過一整天的旅程，螢火大草原中的逃亡更幾乎耗去她這輩子的運動量，她也差不多到極限了。她的身體誠實地告訴她：別問了，該睡了。

小熊決定遵從本能，拒絕女僕的服侍，洗了個舒服的熱水澡，把想貼身守衛的柯諾斯趕回他的房間，再把自己扔入柔軟寬大的床鋪裡。

小熊以爲自己可能會花點時間才有辦法順利入睡，畢竟今天實在過得太驚心動魄。

但前一秒還這麼想著，下一秒就跟斷電一樣，她頭一歪，直接睡得不醒人事。

第6章

提問：早上醒來發現自己床上多了一枚帥過頭的銀髮大帥哥該怎麼辦？

答：成熟的大人這時候可以準備幹點大人該做的事。

——前提是，那個大帥哥不要叫柯諾斯。

小熊是被窗外陽光和啾啾鳥鳴給吵醒的，她閉著眼，翻了一個身，還沒完全清醒的腦袋正在進行一場拉鋸戰。

一邊大聲說著自由業當然要昏睡到中午，一邊則是辯駁睡夠了就該起床。

雙方還沒爭執出結果，先被一個硬邦邦的意外打斷。

對，很硬的意外。

小熊才剛翻身，鼻尖冷不防撞上一堵硬實的牆壁。

這一撞，也把所有對睡意的猶豫和渴望都撞飛了。

她不受控制地冒出幾滴淚水，緊閉的眼睛也立刻睜大，撞見的是一片結實的男人胸膛。

上衣襟口的釦子還解開好幾顆，露出一部分肉色。

白皙的膚色與結實的線條，對剛起床的小熊來說，無疑是一記活色生香的爆擊。

但等她將視線上移，對上胸膛主人的臉——

瞬間冷靜了。

心裡躁動的一千隻小鹿也果斷躺下裝死不跳了。

出現在床上的帥哥帥歸帥，但還得加上「變態絨毛控」的標籤。

只要想到對方愛的是自己那身熊毛，小熊就感覺自己失去了世俗的欲望。

她現在更想弄清楚一點……這傢伙不是應該在他自己的房裡嗎？

是怎麼神不知鬼不覺地跑到她床上？

「起來，起來來來來！」小熊馬上揮著她的熊掌，對著柯諾斯的臉……算了，還是打胸吧。

就算沒了世俗欲望，美男的顏值還是能達到淨化環境的效果，美男的胸更是不

打白不打。

「早安，主人。」柯諾斯睜開他漂亮的雙眼，唇角漾起一抹笑，骨節分明的手指精準握住小熊的爪子，往自己鼻間蹭蹭，順便深吸一口。

小熊心如止水地看著眼前男人一大早就毫無顧忌地吸熊。

「爲什麼你會在我房間裡？」該提出的質問她沒忘。

「怕有人會趁我不在的時候，把最有魅力的主人偷走。」柯諾斯回答時不忘換吸另一隻熊掌。

知道力氣和速度都比不過人家，小熊躺平任吸，等柯諾斯吸完才飛也似地跳下床。

即使變成了一隻熊，也是要刷牙洗臉，把自己打理得乾乾淨淨。

床上沒了小熊，柯諾斯也起身穿戴上昨夜被他扔置一旁的鎧甲。

沒多久，寢室外傳來敲門聲，女僕恭敬地請小熊下樓與大宅主人一起用餐。

餐廳位在一樓，除了站在旁邊服侍的傭人外，餐桌前坐著盧西恩與兩名少女。

她們和安琪拉一樣有著一頭燦爛的金髮，年紀看起來稍長，不難猜出她們就是盧西恩另外兩個女兒。

也就是盧西恩昨夜曾提及的，讓他頭痛的主因。

沒看到安琪拉，小熊想著對方可能還在房裡休養。

「殿下。」盧西恩起身向小熊行禮，爲她介紹自己的兩個女兒，「這是我的大女兒貝芬妮，二女兒克麗絲汀。」

兩名少女也朝小熊行禮，但相較於盧西恩的熱情，她們美麗的臉蛋平淡無波，宛如戴上一層面具。

廚師準備的早餐非常美味，讓小熊來說，就像是現實世界的早午餐拼盤。大大的白色圓盤內堆疊豐盛的食物，相較之下，盧西恩面前的餐點顯得樸素許多，以蔬菜爲主。

享用完早餐，盧西恩邀請小熊與柯諾斯到他的書房，繼續聊起昨夜未竟的話題。

盧西恩的書房擁有採光良好的落地窗，明亮的光線映入這處寬敞的空間。

小熊一進房便看見牆上掛著好幾幅畫，幾張是風景，其中兩張是人物肖像。

畫中主角一人是盧西恩，他的肩上棲停一隻引人注目的鳥類。

外形有點像金剛鸚鵡，擁有一身寶藍色羽毛，長長的尾羽垂曳下來，彷彿華麗裙襬。

如大花綻開的頭冠也是寶藍色的，全身羽毛像籠著一層微微螢光，是隻相當華麗的鳥。

另一張肖像的主角是淺金髮色的剛毅老人，年歲的增長沒有磨損他的氣勢，反倒讓他更顯威武。

老人一手也抱著藍色的鳥，比盧西恩肩上那隻小，頭冠也像小小的王冠。另一手握著長劍，劍柄和劍刃都是吸引人目光的粉紅色，雖與他的霸氣不太相配，但又有種奇異的和諧感。

注意到小熊落在畫像上的視線，盧西恩臉上露出懷念，「那是我父親卡魯伊，即使年歲增長，他仍然勤奮鍛鍊。和他相比，我遜色許多了，終究比不上他。」

「他的劍眞特別呢。」小熊還是頭一次看見用粉紅金屬打造的劍。

「第一次見到他武器的人都會這麼說。」盧西恩失笑，「他認爲粉紅色是他的幸運色，也是一種強悍的顏色。他以前的口頭禪是『如果不知道選什麼，選粉紅色就對了』。」

小熊還眞沒想到外表如此硬漢的卡魯伊這般鍾愛粉紅色。

要是放在現實世界，就叫反差萌了。

「你肩膀上跟你父親抱著的是……」小熊的好奇心轉向畫上藍色的鳥。

「牠是范倫，我最要好的朋友，陪伴我許多年了，牠總是喜歡黏著我。父親抱著的則是范倫的母親，茉莉。」

「牠們現在？」小熊沒在大宅裡見到任何鳥類。

盧恩西的笑容透出些許難過，「茉莉在我父親離世不久也跟著離去。而范倫……一個月前牠突然飛走，再也沒有回來。我派人四處尋找卻始終沒有消息。有人告訴我，某些通人性的鳥類發覺自己大限將至時，會主動消失在主人面前。」

「這、這樣啊……」小熊乾巴巴地擠出安慰，「希望你早日找回你的……」

她把「鳥」字吞回去，不然總覺得整句話瞬間變得怪怪的。

「殿下，您爲何昨夜會到螢火大草原附近？身邊怎麼只有一位騎士？」這個疑惑始終盤踞在盧西恩心頭。

小熊精神一振，重點終於來了，她將想好的理由說出口。

「咳，你也知道邪神降臨的事，國……我是說父王爲此傷透腦筋。身爲公主，我自當肩負起責任，爲他分擔煩惱。我就想到，一百年前不是也曾出現邪神？當時勇者小隊消滅了它，盧西恩大人的父親也是其中一員吧。」

「是的，父親在我年幼時，也曾爲我講述他們打倒邪神碰上的各種艱辛。雖然他已過世多年，但他在我心中一直是英勇的大英雄。」

「盧西恩大人有聽他說過勇者之劍的事嗎？」

「啊，有的。我記得……」盧西恩像是陷入過去的回憶，「那原本是勇者小隊的劍士凱爾多所持的寶劍，他同時也是小隊的領導者。據我父親所說，那把劍給予邪神致命一擊後，不知何故崩解爲兩個部分，分別是劍柄和劍身。」

小熊雙眼放光，這是新線索！

原來勇者之劍變成了兩截，那個劍柄肯定就是預言裡提到的星光之柄。

「你知道它們現在在哪嗎？我就是爲了尋找勇者之劍，才帶著我的騎士踏上旅途。那是曾經打敗上任邪神的武器，我相信它對現在出現在深淵之谷的邪神也一定能發揮效果。」

小熊發現自己挺有瞎掰的天分，一番話說下來連大氣都沒有喘一下。

「這我不太確定……」盧西恩面露幾分遲疑，「我得找找父親留下的手札，他曾把自己的冒險經歷寫下來，也許裡面能找到什麼。」

小熊也不氣餒，她直覺手札裡一定能找到有用線索。

否則劇情地圖也不會叫她來西恩城，更不會將劇情標題命名為「男爵的苦悶與煩惱」。

對了，還有盧西恩的煩惱！

也許她幫對方解決問題，線索就會自然出現？

「萬事拜託你了，盧西恩大人。那我們可以順便在這叨擾幾日嗎？」

「殿下願意借住在這，是我的榮幸。」盧西恩看著與自己女兒年紀相仿的公主殿下，心裡忽然有個大膽的主意。

見小熊正要張口，以爲對方準備離開書房，他急忙搶先一步說道。

「殿下，我有個不情之請……」

——貝芬妮與克麗絲汀最近不太對勁。

——我的大女兒和二女兒最近不太對勁。

照盧西恩的說法，貝芬妮和克麗絲汀原本是活潑開朗的性子，喜歡舉辦茶會，邀請朋友到家裡作客。

然而一個月前，她們不知為何性情大變，對家人態度冷淡，也不再邀請朋友，對外社交趨近於零。

她們大部分時間都關在圖書室，不然就是待在自己房間，通常只有用餐時才露面，還總是把貼身女僕打發到其他地方做事。

盧西恩起初以為女兒們是進入叛逆期，可她們待在圖書室的時間實在太長，甚至還把圖書室上鎖，不許他人進入。

他試圖與女兒們談心，希望能找出問題所在，可是貝芬妮和克麗絲汀拒絕交流，他什麼也問不出來。

盧西恩越來越擔心，不明白她們身上究竟發生了什麼事，才會突然變得如此不對勁。

小熊的到來讓盧西恩看見轉機，他希望年紀和自己女兒們相仿的公主能與女兒們多接觸，好找出她們性格作風不變的原因。

爲了方便小熊協助，盧西恩還召來管家，除了交代他無論如何都不能怠慢公主，還說對方若有任何疑惑，都得盡力解答。

「好耶！」離開書房，見到走廊上如今只有自己和柯諾斯，小熊忍不住興奮地握緊拳頭，「超順利！我運氣居然眞的變好了，先是召喚到柯諾斯你……」

不，等等，召喚到一個變態絨毛控算幸運嗎？

還有被拖進遊戲世界，被迫成爲一隻公主熊……

小熊剛堆起的笑臉垮下。

柯諾斯倒是認爲幸運的人是自己，「假如沒有主人妳的召喚，我這輩子都不知道原來世上有如此可愛又迷人的動物。」

「……」

你說了「動物」對吧。

小熊雙手抱胸，朝柯諾斯哼哼地翻了個白眼。

這動作在柯諾斯眼中依舊無比惹人憐愛。

「來吧，主人。」柯諾斯猝不及防地一把抱起小熊，放在自己肩頭，「我們先去散個步，吸收陽光能讓妳的毛髮更健康，充滿光澤。」

這種有人負責代替自己走的散步，小熊相當歡迎。

她高高坐在柯諾斯肩上，想著該怎麼與兩名男爵千金接觸。人家可是宅在房裡不肯出來，難道要她破門而入嗎？

太不實際了，得換個辦法。

也許是當前種族因素，小熊的感官跟著變得格外靈敏。她忽地感受到身後傳來視線感，飛快扭頭，看見一道嬌小人影快速往半敞門扇後縮。

對方的體型與那頭金黃長髮，一定程度上說明了她的身分。

……安琪拉？

「等等，先等等。」小熊拍著柯諾斯，要他停步，自己則維持向後看的姿勢，瞬也不瞬地盯著那扇半開門扉。

沒有等上太久，那顆縮回去的金燦腦袋再次探出。

安琪拉有一雙與她的父親、姊姊們同樣明亮的藍眼睛。

但相較於兩位姊姊眼中的冷漠，那雙圓圓藍眸裡充滿天眞及好奇。

小熊照過鏡子，知道自己外表有多萌，萌到能讓安琪拉這年紀的小女生抗拒不了。

見小熊也在瞅著自己，安琪拉眼中的好奇心如煙火爆發。她快步從房內跑出，注意力都放在坐在柯諾斯肩上的小熊。

「父親說是公主殿下救了我，妳就是很厲害的殿下嗎？」小朋友的眼裡不僅有好奇，還浮上了崇拜，「殿下、殿下，我可以請妳幫忙嗎？」

小熊驚訝，沒想到不只盧西恩請求自己幫忙，現在連他的小女兒也找上自己。

宅邸一樓東側有間溫室，透過明淨的大片玻璃窗，可以欣賞花團錦簇的後花園一角。

桌面擺著女僕送上的茶點，爲小熊和安琪拉斟好紅茶，女僕便自動退到一定距離外守候。

柯諾斯沒待在溫室，小熊覺得如果他在場，女生跟女生之間的對話不好進行。不如讓他自由行動，順便看能不能從僕人那打探到與兩位小姐相關的情報。為了讓對方答應，小熊還屈辱地簽下割地賠償的條約，讓他埋肚肚吸個半小時。

嗚嗚嗚，眞的是犧牲太多了！

我對貓咖的貓咪們都不曾做出如此喪心病狂的事。

安琪拉看起來是個靦腆乖巧的孩子，說話也細聲細氣的。很難想像她昨夜竟會如此大膽，瞞著家裡人，和貼身女僕駕馬車去螢火大草原。

「殿下，妳會幫我嗎？」安琪拉沒忘記自己的請求，紅茶和點心也不吃了，滿懷期待地注視著對面的小熊。

「那妳能不能先跟我講……」小熊壓低聲音，頭往前傾，一副要說悄悄話的模樣。

感受到小熊的愼重，安琪拉也學著她的動作，眼裡染上一絲興奮。

「講什麼？要講祕密嗎？」

「是祕密喔。妳能不能偷偷告訴我，妳昨天晚上爲什麼要跑到螢火大草原？只有妳們兩個女孩子，很容易碰到危險的。」

「是我不好……如果知道會讓薩莉碰到危險，我就不帶她去了，我自己一個人就可以。」

……小朋友妳這樣更容易碰到危險啊。

「薩莉因爲我的關係被懲罰了。」安琪拉一改先前神情，憂愁地說，「父親暫時不讓她跟在我身邊，還派了女僕長跟著我。女僕長都不笑，很凶的。」

小熊忍不住偷覷旁邊一眼。

站在不遠處的女僕確實板著臉，不苟言笑，就像她國中時的學務主任。

「我聽說在新月之夜去螢火大草原，在螢火最多的時候許下願望就能實現，殿下有聽過這個傳說嗎？」

「啊，有耶。」

……雖說不是聽過，而是這個世界強制塞給她看的背景設定。

「殿下都聽過，那果然是眞的了！我去那裡是想要許願！」

「許願？妳想許什麼願望？」

「我想要范倫趕緊回來我們家，還想要姊姊們恢復原來的樣子……」

「原來的樣子？」小熊驚訝更甚。

安琪拉的煩惱與盧西恩的煩惱居然一樣。

不僅盧西恩察覺到異樣，安琪拉也覺得兩個姊姊不同以往。

這麼說起來，僕人會不會注意到更多不尋常的細節？

小熊希望柯諾斯能順利打聽到什麼，如果不行，只好換自己上了。

即便盧西恩曾交代管家盡力解答她的疑惑，但牽涉到主人隱私，僕人很可能不敢說出太多私事。

她的嬌小體型有不易被發現的天生優勢，到時她可以悄悄地藏在角落，然後，聽壁角……

安琪拉沒發覺小熊的分神，她托著頰，苦惱地與小熊分享碰到的問題。

「貝芬妮姊姊和克麗絲汀姊姊本來很溫柔的，還喜歡開茶會，但現在她們忽然不喜歡了，也不喜歡帶著我一起玩。」

「前幾天晚上下大雨，還打了好大的雷，我想去找她們一起睡，但我敲門她們都不理我。雖然隔天她們知道後，答應下次有大雷雨會陪著我，可是啊……她們居然把莉莉和蘿絲派到別處做事，真的太奇怪了。」

「莉莉和蘿絲？她們是誰？」

「是姊姊們的貼身女僕，就像薩莉一樣喔。薩莉不在我身邊是因爲被父親懲罰，她們沒辦法一直跟在姊姊們身邊，則是姊姊們命令的。姊姊們爲什麼要懲罰她們？」

小熊想到一個可能性，貝芬妮和克麗絲汀恐怕是有什麼不想被貼身女僕發現的事，才刻意支開她們。

「姊姊們還有好多奇怪的地方……她們以前不喜歡看書，現在都在圖書室關好久。」

「妳有跟她們一起進去看書嗎？」

「沒有，她們不肯讓我進去，說大人看書時，小孩子不要進來打擾。我才不小，我都十二歲了，我還敢自己跑去螢火大草原呢。」

「妳要是再偷跑去大草原，妳父親會很擔心喔，小孩子才會做讓人擔心的事。」

「咦？眞的嗎？既然殿下都這麼說了，那我就不去了……那那那，殿下會幫我實現願望吧？」

「范倫可能沒辦法，妳姊姊們的事也許可以喔。」

「謝謝殿下！」安琪拉開心極了，笑得像花朵一樣燦爛，「殿下人好好，又厲害，不愧是公主！」

「妳姊姊們還有其他奇怪的地方嗎？」小熊記得安琪拉剛剛用「好多」來形容。

安琪拉點點頭，把腦袋湊得更近，「父親很粗心沒發現到，姊姊她們……長得不太一樣了。」

小熊大吃一驚，「長得不太一樣是指……她們的外表變成另一個人嗎？」

小熊感覺自己要起雞皮疙瘩了。

她怕鬼，但又很愛看鬼片，屬於又菜又愛找刺激的類型。

她曾經看過一部鬼片，裡面提到鬼要找人當替身時，會故意接近目標，接著在旁人眼中，她會長得越來越像目標。

到最後，連目標的親朋好友都認不出哪一個才是眞的。

噫噫噫，難道男爵千金們也碰到同樣的狀況嗎？

不要啊！說好是西方奇幻世界，突然變鬼片是犯規的！

「沒有變成別人。」安琪拉完全沒察覺到小熊正渾身冒冷汗，她皺著一張可愛小臉，像是陷入巨大煩惱中，「但就是……還是姊姊，可是又跟以前不太一樣。以前白白的，現在有點暗暗的……」

安琪拉顯然不太會形容，說到最後喪氣地垮下了臉。

小熊記下這條重要線索，想著絕對得找機會去接觸那兩人。

不知道柯諾斯什麼時候回來，她得要再找個同伴壯壯膽。活的新同伴暫時沒有，但不死不活的可以有啊！

「安琪拉，能跟妳借一點東西嗎？」

「可以呀，殿下要跟我借什麼？」

「我需要一點碎布、棉花、剪刀……還要一枝筆！」

溫室裡的女生時光還在繼續。

因為性別被小熊冷酷剔除在外的柯諾斯，則是為了能恣意享受那三十分鐘的美妙，獨自在男爵宅邸四處行走。

有著醒目的俊美外貌，加上一身騎士打扮，不論走到何處，柯諾斯無可避免地吸引眾多目光。

一開始確實如此，尤其年輕女僕總忍不住偷瞄向他。即使他走遠了，視線也會不自覺追隨。

可隨著時間流逝，投向柯諾斯的目光越來越少。

那些在宅邸裡忙碌的僕人們，最後像完全無視這位理應要恭敬對待的貴客。

他們專注於手上工作，縱使雙眼正好瞥望到，也不曾在柯諾斯身上逗留，彷彿看到的只是再普通不過的事物。

柯諾斯走出氣派的主建築物，來到庭院一處角落。

建築物陰影的投射正好將那裡切割成壁壘分明的光影交界。

柯諾斯就站在那處，一半面容在日光下顯得高貴俊朗，陰影中的另一半卻是幽暗莫測。

他站姿筆挺，深色大氅也直直往下垂墜。

柯諾斯仰高頭，望了一眼藍得耀眼的天空，又低頭凝望整齊的草地，像在看自己投映於上的影子。

不知不覺，他的大氅下襬色澤越來越暗，到後來，像是沉重濃厚的闃黑。暗色猶如活物般蠕動起來，往下流淌至柯諾斯的影子裡，很快融爲一體。

下一秒，柯諾斯的部分影子跟著蠕動，它們分裂成無數細絲，彷彿蛛絲一樣朝四面八方輻射出去。

最末，全都悄無聲息地潛入草地之下，隱去所有痕跡，神不知、鬼不覺地快速竄向各處。

男爵宅邸的雙層樓、後花園、庭院、馬廄……沒有遺漏任何一處。

柯諾斯閉上眼，聽見無數聲音在耳邊來來去去，如同不間歇的浪潮。

「老爺最近不太吃肉，反倒喜歡蔬菜，得叫採買的人多買一些回來。」

「好累啊，等我休假一定要去好好喝一杯。」

「來了客人，工作量增加了，眞希望客人早點離開。」

「我還沒見過公主殿下，不知道能不能偷偷看一眼。」

「跟在公主身邊的騎士大人好好看啊。」

「安琪拉小姐真是令人頭痛，平常那麼乖巧，怎麼敢深夜偷跑出去？」

這些都不是柯諾斯感興趣的內容。

深藏地表下的黑影仍在前進，毫無聲息地捕捉著來自不同人的說話聲。

「大小姐和二小姐又關在房間裡不出來，聽說昨晚安琪拉小姐回來時，她們也沒出來關心。」

「她們怎麼會忽然變那麼多……蘿絲和莉莉，妳們知道些什麼嗎？」

「不知道啊，我們沒犯錯，可是小姐就把我們扔到這裡來了。」

「我跟妳們說，妳們可千萬別說出去。小姐們的衣物和鞋子都是由我負責清洗的，但這陣子啊，我發現她們的裙襬沾上奇怪的髒污，鞋底溝縫還卡著泥土。」

「這有什麼好大驚小怪？」

「笨啊，最近有人看過她們外出嗎？假如沒有，她們的裙子和鞋子又是怎麼弄髒的？」

「這樣聽起來好可怕……她們性格也變好多，常常關在圖書室，還叫我們一個月去打掃一次就好。妳們說，大小姐和二小姐該不會是在……偷偷研究黑魔法？」

「天啊，這太嚇人了吧！」

「小姐們怎麼可能……這裡也不可能有那種邪惡的書籍吧。」

「這可就難說了，圖書室書那麼多，混進來幾本內容邪惡的書，男爵大人也不會發現。」

「妳們幾個！圍在這裡不做事是在偷懶嗎？還不快點去做妳們的工作！」

突如來其來的一聲嚴厲斥罵，換來女僕們慌張的道歉。

接下來便得不到什麼有用情報了。

柯諾斯耐心地站在原地等候影子的回饋。

過了一會兒，兩道年輕的女性嗓音傳遞至他耳中。

「姊姊，她會發現什麼嗎？」

「不，她什麼也不會發現的，別亂了陣腳。待會三點半，一樣到圖書室去。」

柯諾斯唇角微微揚起。

啊啊，想必這是個足以再讓主人多敞開肚皮十五分鐘的好情報。

第7章

「眞的假的？那兩位小姐在三點半的時候會到圖書室？」

午餐時間，貝芬妮和克麗絲汀沒有出現，而是直接請人把餐點送到房裡。

小熊還正煩惱要怎麼與她們接觸，柯諾斯便及時送上這條意想不到的好消息。

別說多給十五分鐘的吸肚時間，二十分鐘也沒問題。

「是眞的。」柯諾斯很滿意自己的獎賞時光獲得延長，可有件事令他格外在意。

他面帶淺笑地望著正自開心的主人，紅眼睛卻瞬也不瞬地盯著對方手上多出的東西。

一個臉上寫著「小蘇」兩字的娃娃。

外表粗糙，有個圓圓的大頭，底下則是海星般的短短手腳。

「主人，妳手上怎麼拿著垃圾？」

「什麼垃圾？這是我的心之友！是我最要好朋友的替身！」小熊鄭重向柯諾斯

介紹小蘇娃娃二號，「它叫小蘇。之前不小心讓它在螢火大草原斷頭了，這次新做的特地加固腦袋。」

「主人，妳的可愛無人能敵，任何在妳身上手上的東西都會變得可愛，除了垃圾。髒東西還是快點扔了比較好吧，妳想要娃娃我可以做一個我的版本給妳。」

「你敢扔我就不讓你吸肚！」小熊連忙緊緊抓住小蘇娃娃，就怕柯諾斯趁她不備搶過去。

柯諾斯自是不會爲了一個醜娃娃犧牲自己寶貴的獎賞，他垂下眼，像是放棄勸說，心中則是冒出另一個主意。

既然知道時間，小熊馬上向管家提出要求，假如看到兩位小姐離開房間，記得第一時間通知她，她眞的非常、非常想要認識她們，多聊聊天。

這不是什麼強人所難的要求，管家自然允諾下來。

離三點半還有些時間，小熊記起柯諾斯提過的散步。

吃飽後最適合去外面走一走了，還能避免長出小肚子的危機。

小熊對於身材挺在意的，她是人的時候沒有肥肚，成爲了熊也絕對不可以有。

至於本來的免費扛著走……

爲了不胖，當然是忍痛拒絕了。

陽光正好，男爵大宅的後花園有多條小徑適合走逛，順帶欣賞園丁修剪得賞心悅目的花草樹木。

小熊不想走太遠，以免僕人通知時找不到人。

柯諾斯亦步亦趨地跟在小熊身後。

小熊是賞花，他是賞熊。

沐浴在日光下的小熊看起來手感更好了，亞麻色鬈曲毛髮被曬得格外柔軟，倘若徜徉其中，想必能聞到溫暖的陽光味道。

思及自己之後將擁有四十五分的吸熊時間，柯諾斯的心情也格外地好。

渾然不知身後男人腦中已構思出無數吸熊手法，小熊摸出手機，查看劇情地圖。

「男爵的苦悶與煩惱」一點開，局部地圖只顯示一顆小光點，上面標出「男爵大宅」幾個字。

看樣子，這次的劇情會集中發生在這裡。

仗著後方柯諾斯無法看透手機螢幕上的內容，小熊打開卡池頁面，發現一個比向左側的小箭頭。

就連下方也跑出一個小巧欄位，上面寫著「每日道具抽抽樂」。

她迫不及待地用力按下，看見跳轉的頁面跑出一個大輪盤，說明每日可免費抽一次道具，凌晨四點後刷新。

誰不喜歡免費的，免費的當然棒，小熊就超愛。

她還沒被拖進遊戲世界時，就每天幻想著能靠官方送的免費石頭抽出四星或五星角。

只是現在看著那個據說有不同獎勵的大輪盤，小熊只想問候一下星戀之神的祖宗十八代。

每個格子都糊上了一層厚厚的馬賽克，天知道會抽到什麼啊！

活動卡池玩保密主義就算了，爲什麼連免費池也無法逃過這波操作？

小熊心裡碎碎唸個不停，熊爪卻很誠實地抓住小蘇娃娃的手，用力往輪盤一按。

抽卡玄學，代抽總比自抽好。

活的小蘇不在，替身出場也是同樣效果。

大輪盤迅速轉動起來，沒一會速度逐漸變慢，最後完全靜止，紅色箭頭指向其中一個格子。

馬賽克魔法立即解除，當然，只限定抽中的那格。

畫面跳出一個閃閃發亮的——鬃刷。

「小蘇妳爲什麼非了！」仗著柯諾斯看不見手機螢幕畫面，小熊痛心疾首地猛搖小蘇娃娃，「鬃刷算什麼道具！是能用來幹嘛？往別人臉上丟出去嗎？」

實體化的鬃刷轉眼浮現在手機上，小熊趕緊抓住往自己包包塞，腦中跟著跑出一排介紹文字。

道具：鬃刷

作用：日常生活中隨處可見的小東西，丟向目標能激起目標最大的怒氣。

使用次數：一次

就知道官方的免費果然坑人，連小蘇娃娃代抽的手都救不了。

小熊沉浸在沮喪情緒中，沒發覺二樓一扇對著後花園的窗戶後頭，正站立兩抹身高相仿的人影。

兩道蘊含深意的視線穿過玻璃，直直落在小熊身上。

跟在小熊後方的柯諾斯倏地腳步一頓，如同隨意打量周邊般轉過頭。

察覺到躲藏玻璃後窺視的身影反射性退離窗邊，他微微勾起唇角，俯下身，近到嘴唇幾乎貼上小熊的圓圓耳朵。

「主人。」

「哇啊！什麼？什麼？」小熊霍然回神，被冷不防的呼喚嚇得心臟怦怦跳。

「妳想見的人，她們應該要準備下樓了。」

「你怎麼知道？而且……」小熊瞄了眼手機顯示的時間，「才三點初耶，不是說三點半？現在會不會太早了？」

小熊的質疑沒多久就消失了。

一名僕人急匆匆跑來後花園，向小熊通報兩位男爵千金離開房間，正準備下樓。

小熊驚訝地望向柯諾斯，後者還是噙著一抹溫柔的笑。

小熊才不會被對方的笑迷惑，只要自己還是一隻長滿毛的熊，那抹笑估計永遠不會消失。

收到消息，她立刻拉著柯諾斯往屋內跑。

依照她的想像，是她拉著人飛奔入屋，但現實是她手短腳短個子矮，於是變成柯諾斯扛著她大步流星地進去堵人。

他們很快回到大宅內，在大廳順利碰上正好走至一樓的兩名少女。

不管在現實還是遊戲世界，小熊都很自來熟。

「哇喔，眞的太巧了！我正想與兩位小姐聊聊天，沒想到會在這裡碰上。妳們要去哪？我們一起去吧。」

小熊熱情活潑的語氣，彷彿與貝芬妮她們是認識多時的好朋友。

對她來說，只要臉皮夠厚，尷尬這種事就不存在。

而且公主的身分還是很好用的。

面對小熊主動提出邀約，只是男爵千金的貝芬妮和克麗絲汀沒有辦法拒絕，也不好掉頭回房。

她們暗地裡對視一眼，最後由年長的貝芬妮開口。

「我們正要去圖書室看一下書，殿下不嫌棄的話就請一起吧。」

圖書室裡鋪著厚厚的地毯，排滿了高大書櫃。木頭櫃子連綿一片，猶如朝四面八方延伸出去的森林。

中央則布置成舒適的小客廳，幾張小沙發圍著長桌擺放，讓人能舒服地坐在這裡，徜徉書海之中。

按照安琪拉的說法，她的兩位姊姊進入圖書室就會鎖上大門，不讓其他人進入。但或許這次因爲小熊和柯諾斯在場，貝芬妮她們並沒有把門關上。

兩人簡單地向小熊介紹圖書室的書籍分類，便各自尋找想要閱讀的書，回到沙發上靜靜翻閱。

小熊也隨便抱了一本書過來。

她的目的不是看書，而是與貝芬妮她們聊天。

可無論她拋出什麼問題，兩名少女不是回予簡潔的「嗯」，就是保持安靜，沒有回話，就算小熊再怎麼自認是社交達人，也完全沒辦法獲得任何進展。

她滿懷力氣卻無處可施，最後只能氣餒地放棄從她們身上挖出線索。

似乎是嫌看書有些無聊，小熊跳下沙發，在眾多書櫃隔出的走道間走來走去。

貝芬妮抬起頭，和自己妹妹對視一眼，在彼此眼中看到滿意的情緒。

只要這般冷處理，相信那位公主殿下很快就會自討沒趣。

就如她們所料，當她們準備離開圖書室時，小熊也不再要求同行，而是帶著柯諾斯離開了。

接下來，甚至沒再試圖與她們有所接觸。

時間很快來到隔日。

這一天仍是個好天氣，小熊又一次被射入窗內的刺亮陽光驚醒，她閉著眼，嘟噥著翻了一個身。

然後毫不意外地，又撞到一堵結實、飽含彈性的「牆」。

柯諾斯再次堂而皇之地躺在小熊床上。

就算面對絨毛控生不出世俗欲望，小熊還是花了幾分鐘欣賞美男的胸，才迅速爬起。

爬起後差點被擺在床頭的娃娃嚇一跳。

除了原本就擺在那的小蘇娃娃，旁邊居然多出一個柯諾斯版本的。

看著它們親親密密地靠在一塊，小熊一口氣險些上不來。

這擺一起是幹嘛？組CP嗎？

別啊！小蘇可是有女朋友的人了！

「喜歡我做的嗎？」柯諾斯一手支頭，紅眸溫柔似水，但另一手不知為何握著劍。

小熊懷疑自己要是說不喜歡，她的心之友就會慘遭分屍。

「喜……喜歡得不行但我不能收下！」小熊連氣都沒換地喊道：「我身邊都有本尊了，幹嘛還要替身對不對！」

這個理由成功說服了柯諾斯，也讓小蘇二號幸運地沒被斷手斷腳或斷頭。

早餐過後，還沒等小熊開始進行昨日已準備好的計畫，便被盧西恩再度邀請至他的書房裡。

「殿下，我將父親留下的幾本手札翻過一遍，只有這本提到勇者之劍。」

看著遞至面前的筆記本，小熊愣了愣，隨即接過，翻開盧西恩特別做上記號的那頁。

前任男爵的筆跡就如他粗獷的外形一樣，給人奔放的感覺。

簡單來說，就是有些潦草。

小熊還在努力辨認紙上寫的究竟是什麼，柯諾斯先行一步地指向其中幾行。

「凱爾多把勇者之劍的星光贈送給我，這是一份貴重的禮物。」低沉的男音唸出筆記上的文字，「爲了紀念我們之間的情誼，我將星光埋在重要之地。我在重要之地俯瞰我的寶物，唯有繁星照耀，才能讓星光重新現世。」

「關於勇者之劍……唯一提及的便是這幾行文字，其他手札都沒有相關資訊。」盧西恩說著自己的發現，「照我父親所說，勇者之劍被分成兩部分，星光很可能是其中之一。但究竟是哪部分，手札裡面沒有提到更多。」

這個小熊知道，她有劇透，預言裡可是提到「星光之柄」這幾個字。那個星光，肯定就是劍柄了。

「將星光埋在重要之地……」小熊摸著自己的圓下巴，「盧西恩大人，你曾聽你父親提起過星光的事嗎？」

盧西恩搖搖頭，「很抱歉，我也是看了手札才知道星光的事，父親在世時並沒有特別提起。」

確認盧西恩沒有更近一步的情報，小熊向他借了紙筆，把這幾句線索抄寫下來。看著自己歪歪斜斜的字跡，她惆悵地嘆口氣，要是手機的照相功能還能用該多好。

將字條塞進小包包內，小熊拉著柯諾斯往一樓圖書室前進。

圖書室的門沒有上鎖，推開後也沒瞧見兩位男爵千金的身影。

小熊的目標倒不是貝芬妮和克麗絲汀，她將柯諾斯拋在門口，獨自一熊跑進書櫃間的走道。

每一條她都走了一遍，沒多久就回到門口處。

「沒什麼發現。」小熊惋惜地搖搖頭，「我們先回房間吧，那邊比較好說話。」

畢竟宅邸各處都可能碰到人，要是他們的談論內容不小心傳至男爵千金耳中就不太妙了。

小熊可不希望自己的小手段被人察覺。

房門一關，小熊一屁股坐在床緣，雙臂抱胸，垂在床邊的腳無意識地踢晃著。

「我本來以爲那兩位小姐可能會半夜偷偷跑到圖書室，結果剛剛檢查過了，沒有進來過的痕跡。」

「怎麼說？」柯諾斯對此不是很在意，只隨口附和，一雙眼睛盯著小熊的腳，想著那雙可愛的毛毛腳要是能改踢自己就好了。

「因爲啊……」渾然未覺柯諾斯的心思，小熊認眞回顧昨天接收到的小情報。有安琪拉提供的，也有柯諾斯從僕人那邊打探到的。

「前天晚上，就是我們帶安琪拉回來的那一晚，貝芬妮她們沒從房間出來。還有安琪拉之前被打雷嚇到想去跟她們一起睡，敲了她們的房門，但無人理會。我在想……比起她們故意不開門，會不會是她們那時候根本不在房裡？」

小熊一步步推測，感覺此刻的自己就是一隻福爾摩斯熊，閃耀著智慧的光芒。

會有兩人其實不在房內的想法，主要是安琪拉曾提及貝芬妮她們在大雷雨隔天就給出承諾，下次若有相同情況，一定會陪她。

從這方面來看，感覺得出她們是在意妹妹的。

這樣一來，安琪拉出事被送回來的那晚，兩人卻又關在房內不出來關心，就顯得有些怪異。

但假如她們當時其實不在房內，不知外界情況，一切就都說得通了。

負責洗滌的女僕說過兩人明明沒有外出，鞋底卻沾上泥土，裙子也沾上髒污。所以她們肯定瞞過屋內人的耳目，去了會碰到泥土的地方。

貝芬妮和克麗絲汀最常待在圖書室，還會從內上鎖，不允許他人入內打擾。圖書室裡自然沒有有土，但她們偏偏在那裡待得最久……

綜合以上幾點，小熊有個大膽的想法。

「我在想，該不會圖書室裡藏著一條祕密通道？貝芬妮她們就是藉由密道，去了一處誰也不知道的地方？」

小熊先前問過管家，貝芬妮和克麗絲汀每天都是下午待在圖書室好幾小時，之後吃完晚餐就回到房間裡。

活動規律又固定，直到小熊二人來了才有所改變。

「我們今天都沒跟她們接觸，也許能放鬆她們的戒心。」小熊故意避開對方，打的就是這個主意。

爲了證明自己的猜想，小熊決定今晚不睡覺，蹲守在貝芬妮她們的房間外。

對於時常熬夜，總是搞得日夜顛倒的自由業來說，一天不睡根本不算什麼難事。

只要把這晚想成是週五的晚上，精神就會更加亢奮。

週五就像有某種魔力，會讓人想要大聲說：睡什麼睡，還不起來嗨！

小熊今夜就準備來嗨一下。

小熊的房間離兩位男爵千金的寢室有段距離，待在房裡，對方即使有外出動靜也很難察覺得到。

小熊打算等宅邸的人都回房休息，再摸過去守株待兔。

她觀察過了，貝芬妮和克麗絲汀房間相鄰，窗外陽台也是相鄰的。

憑她目前的體型，利用夜色躲在陽台角落不容易被人發現。

至於要怎麼潛伏到陽台上，一切就交給柯諾斯了。

她的毛可不是讓他白摸的，肚子當然也不能白吸。

天色在小熊的期盼中逐漸暗下。

隨著時間流逝，大宅的燈火一盞接一盞暗下，最後僕人也回到各自房間休息。

當大宅變得安安靜靜，小熊知道行動的好時機來了。

小熊房間的窗戶外有陽台，旁邊房間窗外則是一塊弧形的裝飾突起，再過去亦是，彼此間距不算太遠。

憑柯諾斯矯健的身手，輕易就能踩著這些間隔不遠的突起來到貝芬妮她們陽台外。

再把小熊輕輕一拋送，接下來就是耐心等候了。

夜裡的風有點涼，這時小熊很慶幸自己是隻熊，有著厚厚的皮毛，在透風的陽台裡不會感覺到冷。

貝芬妮與克麗絲汀的窗戶窗簾皆拉上大半，僅留中間一條縫隙。

小熊小心翼翼地探出腦袋，從間隙窺視著房內景象。

貝芬妮房裡只留著一盞床頭燈。

微弱的燈光足以讓她看清男爵長女正躺坐在床上，低頭看書。

隔著距離看不清書名，不過小熊也沒在意，她的視線落在對方的衣服上。

貝芬妮沒有換穿睡衣，身上仍是白日服飾，彷彿隨時還會離床做某些事。

擔心對方冷不防看向窗外，小熊縮回頭，靠牆等候。

直到房內小燈熄滅，小熊才再扒著窗邊向裡看，正好見到貝芬妮打開房門，走廊上的燈光順勢從門口流洩進來，勾勒出少女的身影。

小熊忙不迭向守在另一側的柯諾斯招招手。

一被柯諾斯抱住，小熊急急對著他說，「快快快，她走出房間了，我們也趕快追過去！」

柯諾斯抱著小熊，俐落回到她的房間外，從敞開的窗戶再回到室內。

他一手攬著小熊，身手迅若鬼魅，很快看見貝芬妮與克麗絲汀欲下樓的背影。

兩名少女全然沒發現身後有跟蹤者，她們一手提著裙襬，一手拎著鞋子，赤著腳快步跑下樓梯，目標明確地直奔向圖書室的位置。

貝芬妮打開圖書室的門，待克麗絲汀進入後，再迅速關上。

怕被少女們發現，小熊二人慢了幾步才來到大門閉起的圖書室外。

柯諾斯輕輕轉動門把，「鎖住了，要現在開嗎？」

「再等等。」小熊用氣聲說。

現在進去雖然可以逮到人，可後頭線索就會因此斷掉，恐怕也再難以找出貝芬妮她們半夜溜進圖書室的眞正原因。

在外頭等了幾分鐘，小熊才示意柯諾斯動手。

上鎖的門被俐落打開，圖書室內黑漆漆的，聽不見一絲聲響，靜得針落可聞，隱身在陰影裡的書櫃就像某種靜默的生物。

「沒有人在裡面。」柯諾斯篤定地說。

「人可不會突然蒸發，這裡果然藏有密道之類的存在嗎？」小熊扭頭東張西望，可惜只看見大片晦暗。

爲免有人突然起床上廁所，發現圖書室有人闖入，小熊不忘要柯諾斯關上門，自己則身子一扭，從他的臂彎裡滑下。

她握著手機，發光的螢幕成爲黑暗中的唯一光芒。

冷光往地面一照，地毯上赫然像被打翻了麵粉，淡黃色粉末被撒在其上。

柯諾斯發覺小熊緊盯地毯不放，在他看來，那就只是普通的地毯，看不出任何異狀。

他驀地想起昨天小熊把圖書室的每一處逛過一遍的舉動，心裡登時有了想法。

「地毯上有東西。」柯諾斯抓住重點，「只有主人看得到？」

「欸嘿，你可眞聰明，當然聰明的還有我。」小熊得意極了。

前天在螢火大草原被魔物追殺時，她一邊跑一邊抽卡，抽出了不少小道具。

其中一個就是「只有熊才看得到的甜甜花粉」。

當初想著聽起來還滿好吃的，拿去丟魔物有點可惜，便先保留，沒想到誤打誤撞派上用場。

在小熊的視野裡，地毯上的淡黃粉末朝不同方向延伸出去。

她昨天在圖書室裡佯裝無聊地在走道間四處閒逛，就是爲了趁機撒下花粉。

這也多虧貝芬妮她們交代過僕人一個月打掃圖書室一次就好，不用擔心地毯上的那些花粉會被清掉。

小熊拿著手機往地面照射，不久便在其中一條走道發現花粉被踩過的痕跡。

「這裡！」小熊朝柯諾斯招手，兩人一同追尋腳印，穿過走道，一路來到最底端、靠牆的書櫃前。

腳印就停在這裡，再也沒有往其他方向行進的痕跡。

小熊仰頭看著這個紅木大書櫃。

新的問題來了。

讓兩位男爵千金平空消失的密道估計就在這座書櫃後面或下方，但該如何找出打開密道的機關呢？

小熊還在苦惱，身後的柯諾斯已替她找到答案。

只見男人伸手探往中層書架，將其中三本書往外拿出。

下一刹那，書櫃竟無聲無息地往旁挪移，露出藏在後方的一道暗色門板。

「你怎麼知道的？」小熊大吃一驚。

「等等讓我抱著走，我就告訴主人。」柯諾斯提出條件交換。

「抱抱抱，隨便你抱啦。」

肚子都被人吸過了，被抱著走也沒什麼大不了。況且小熊也有私心，密道裡應該很暗吧，誰知道會不會冷不防冒出什麼嚇人的東西。

「手掌也要借我吸一下。」柯諾斯充分詮釋何謂得寸進尺。

小熊也沒矯情，反正全身上下幾乎都被吸過，她早就不是一隻純潔的熊了。

她一邊反省自己以往在貓咖對那些貓咪似乎太過分，現世報終於落到頭上，一邊朝柯諾斯伸出手。

柯諾斯一把抱起她，順帶把那隻有著厚實肉墊的熊掌放到鼻間。

小熊別開眼，不想看好好一個帥哥化身變態的模樣。

「書櫃這一層的這三本書，明顯有被頻繁摸過的痕跡。」滿足的柯諾斯沒吊小熊胃口，「現在是夏季，容易出汗，也容易在紙上留下線索。」

小熊努力盯著書，看半天也沒看出哪邊有較深的印子，只能說柯諾斯眼力太驚人。

她不知道在對方眼中，被他挑出的三本書其實沾附著微弱的銀白光點，在幽暗環境裡格外顯眼。

「你怎麼知道是要把書拿出來？」小熊好奇地問，「說不定是往下按或往外撥一半呢？」

「不知道。」柯諾斯微微一笑，「就是運氣好，一試就成功了。」

暗門沒上鎖，一轉動門把就能輕易推開，門後是一條往下的階梯。

看著宛如深淵大口的樓道，小熊嚥嚥口水，拿出小蘇娃娃抱在懷中。

只希望接下來別冒出「鬼」開頭、「魂」結尾的東西。

不然她就只能忍痛犧牲心之友，把對方扔出去當祭品為他們開道了。

第8章

暗門後的狹窄樓梯一次只容許一人通過。

裡頭沒有燈光，整體暗沉沉的，一不留神很可能會一腳踩空往下跌落。

小熊舉高手機，以螢幕發出的冷光充作照明，勉強驅散周圍一小片黑暗。

柯諾斯抱著小熊一階階往下走，步伐沉穩，即便沒有盯著腳下，也不妨礙他走得順暢。

樓梯不算太長，一會兒便走到最後一階。

盡頭是一個門洞，門洞後有些許光亮映照進來。

待走出去，映入眼內的景象讓小熊忍不住張大嘴。

誰想得到，圖書室不但藏了一條密道，密道還直通一座垂掛嶙峋石柱的洞窟。

石柱有長有短，有的像剛冒出來的動物犄角，有的像野獸長長的獠牙。

洞窟面積約與小熊借住男爵宅邸的房間差不多大，光亮來自岩壁，可以看見上面鑲著幾塊發光的石頭。

幽幽藍光讓這處洞穴有種陰森森的感覺。

柯諾斯撫過一塊石頭，「抑魔石嗎？」

「抑魔石是什麼？」小熊不解地問。

「一種能壓制魔力的礦石。」柯諾斯像是感到有趣般微勾唇角，「這裡居然藏有這個。」

「那對你……」小熊立刻想到問題點。

「數量很少，構不成什麼影響。」柯諾斯不以爲意。

洞穴底端又是一條通道，不知通往何方。

「哇賽……」小熊喃喃地說，「小蘇，妳說盧西恩男爵知道自家底下藏著一個洞嗎？」

小蘇娃娃不會說話。

但小熊猜，比起家裡地下多出一個洞，小蘇本尊會更希望多出一棟透天別墅。

與來時的樓梯相比，通道寬敞不少，起碼三人並排行走沒有問題。

周遭岩壁同樣鑲著發光石頭，幽藍光芒不僅提供光源，也在岩壁上投映諸多奇形怪狀的影子。

相互映襯下，幽光更顯詭異萬分。

小熊強迫自己別多想，越想越容易把它們想成鬼火。

啊呸呸呸，快住腦！連「鬼」字都別再想了！

走著走著，柯諾斯留意到了異樣。

「地面在動。」柯諾斯以肯定語氣說。

小熊被放在柯諾斯肩頭，沒感覺到奇怪之處。她狐疑地低頭觀察，過不久，倒吸了一口氣，再清楚不過地見到地面眞的在動。

不是地震時的搖晃，四周岩石也沒有震動。

而是原本有些高低不平的地面，竟變得像是一條不斷緩慢往後滑動的履帶。

滑行速度漸漸加快，柯諾斯往前的步伐也不得不跟著放大，由快走變成了跑步。

最後，這條履帶竟直接進入高速狀態。

若沒有穩住身子，馬上會因爲跟不上速度、摔倒在地，而被快速帶至後方。

僅僅如此還好，但後方通道的入口竟發生坍方。一塊塊岩石向下墜落，連接樓梯與通道之間的地面一下凹陷成大洞。

小熊望了過去，只覺那分明就是一張迫不及待想吞噬他們的大嘴巴。

「柯諾斯快跑！」小熊驚聲尖叫。

變成履帶的地面往後退得飛快。

柯諾斯的速度也跟著提高。

小熊低頭一看目前跑速，立即知道跳下去自己跑純粹是自找死路。

她帶著小蘇娃娃爬進柯諾斯臂彎裡，抱緊對方胳膊，只差沒大喊一聲「爸爸求帶」！

柯諾斯跑得飛快，如他所說，通道裡的抑魔石不至於對他造成影響。

疾奔之下，最後總算脫離那一段不停往後滑的路面。

但隨即呈現在他們面前的，並不是多友好的對待。

藍光映照下，可以看見一座黝黑的水潭橫亙在他們前方。

水潭表面咕嚕咕嚕地冒著泡，泡泡破裂便四濺出更詭異的青紫色，只差沒把

「我超危險」幾個大字寫在水面上。

「眞的假的啊！」小熊震驚地抓著小蘇娃娃猛搖，「這個家底下根本是被掏空了吧！挖成這德性，就不怕哪天眞的塌了嗎？小蘇妳說，盧西恩男爵到底知不知道？」

「也許知道，也許不知道，但現在並不重要。」

小熊做替身娃是爲了陪伴孤單柔弱的自己，絕沒想過娃娃哪天會眞的說話。

無預警出現在耳邊的聲音嚇得小熊的尖叫哽在喉嚨裡，等她意識到回答自己的是道男聲，才反應過來是柯諾斯在回話。

「靠喔，差點以爲小蘇眞的顯靈穿越了……」小熊猛拍胸口，感覺自己一身髮毛要被嚇直了，「不過要是眞穿過來……」

她低頭看看自己粗劣手藝做出來的娃娃——別說臉了，連嘴都沒有，只寫上「小蘇」兩個字。

小熊安靜一瞬，還是希望自己的好友別穿來了。

就如柯諾斯所說，無論盧西恩男爵究竟知不知情，對現在的他們都不重要。

重要的是成功穿越這水潭，到達對岸。

柯諾斯神色冷靜，抬頭看著水潭上方的岩壁。

注意到他的視線，小熊也跟著望去。

要是問號能具體化，小熊頭上大概能冒出一長串了。

上方岩壁不知為何深嵌著一個又一個金屬環，從水潭此端往前延伸，直到另一端岸邊。

「為什麼那邊有環？還橫越了……」話沒說完，一個猜想頓如閃電落下，小熊不禁吸口氣，「不是吧！難道是讓人靠那些來通過嗎？」

要是柯諾斯沒有一起下來，別說靠金屬環通過了，憑她目前的身高，一輩子都摸不到金屬環啊。

「我的主人，接下來請妳好好抱緊我，要是抓不住妳手裡的垃圾也沒關係，就讓它到該去的地方吧。」柯諾斯冷不防把小熊放到自己背上。

往下一看是黑黝黝、如一張巨口的潭水，小熊吞吞口水，連忙挪開視線，不敢多瞧。

小熊怕黑怕鬼怕蛇，怕的東西實在太多了。

就算有柯諾斯厚實的肩背提供依靠，但那份安全感總歸比不上好友能夠帶來的。

把小蘇娃娃塞進包包裡，感覺就少了幾分安心。

小熊只遲疑一秒，就將能帶給自己安全感的朋友替身直接咬在嘴裡，空出來的兩隻熊掌則牢牢抱住柯諾斯的脖子不放。

小熊內心祈禱她的絕世好麻吉千萬別這時穿進遊戲，否則開局發現自己居然在她嘴裡……

金屬環所在高度對柯諾斯來說不算什麼，他輕鬆一躍便抓住最近的一個。

接下來他充分展現了什麼叫作矯健靈活。

高大的男人以極快速度一路向前盪去，手臂肌肉隨著施力繃出流暢緊實的線條。

短短幾分鐘，柯諾斯便通過那片黑暗的水潭。

一落地，小熊提至嗓子口的心臟穩穩落下，沾滿口水的小蘇娃娃也跟著掉下。

小蘇娃娃明明沒有五官，臉上只寫了「小蘇」兩字，可那個「小」字看上去，不知爲何越發地像厭世的表情。

成功跨越高速履帶和高空金屬環後，等在小熊二人面前的是金屬大滾輪。
就是倉鼠籠裡常能見到的那種滾輪的放大版。
小熊皺著一張臉，感覺自己像戴上一張痛苦表情的面具。
她看了一眼還沾著自己口水的小蘇娃娃，感覺它也一樣。
小熊和娃娃負責表情痛苦，柯諾斯則負責帶著自家主人通關。
比起前面兩個挑戰，金屬大滾輪的難度倒是沒太令人髮指。
只要站進去，把自己當成一隻倉鼠不停地踩著滾輪跑就行。
疾速轉動的滾輪轉得小熊頭暈眼花，她忙不迭閉上眼睛，抓著小蘇娃娃啊啊啊地叫。
柯諾斯跑得飛快，可惜直到跑到終點，也沒成功讓小熊「不小心」甩掉手中的好友替身。
柯諾斯抵達後，金屬大滾輪便自動沿著軌道滾回去。
出現在眼前的是一個更巨大寬敞的岩洞，大得像能把小熊高中的操場放進來。

此處地面特意整頓過，平坦無比，還鋪著黑白相間的方形大磁磚。

岩壁裡同樣能看見散發藍光的石頭，數量比先前多。密集幽光匯聚一塊，讓這個洞窟異常明亮。

這裡的抑魔石也太多了！

小熊心頭一跳，反射性看向柯諾斯。他仍噙著笑意，神情輕鬆，像什麼也映不入他的眼。

洞窟深處是一座砌高的石台，一名戴著面具的怪異人影站立其上。他的身軀彷彿由黑色影子組成，看似實體，又好似隨時就會潰散。

黑影雙手交疊，壓按在劍柄上，手下一柄長劍靜拄於地。

石台下左右兩側立著兩座與人等身高的石櫃，正面石蓋挖了一個洞，裡頭各露出一張臉。

赫然是早小熊二人一步進入密道的貝芬妮與克麗絲汀。

兩名少女雙眼緊閉，似乎對外界動靜毫無知覺。

她們躺在石櫃裡，讓人感覺那石櫃就像石棺。

這一幕讓小熊看傻了眼。

貝芬妮她們怎會躺在石棺裡？

是她們自願的？還是高台上那個面具黑影人強行把她們關進去？

小熊直覺猜測是第二個選項，畢竟第一個太過令人匪夷所思。

大半夜的，誰會床不躺，跑來這躺棺？

「貝芬妮！克麗絲汀！」小熊不知道她們能否聽見，先試著大喊一聲。

石棺裡的少女依然毫無動靜，如同陷入深睡之中。

反倒是盯著小熊兩人的黑影人出聲了，粗啞得像是被砂紙狠狠磨過的嗓音迴盪在洞窟內。

「你們不是貝芬妮，不是克麗絲汀，也不是安琪拉，你們是不請自來的入侵者。沒有得到主人允許，你們將爲你們的無禮付出代價。」

洞窟內倏地響起陣陣齒輪轉動聲。

明明聲音就在耳邊，可放眼望去，卻找不到聲音來源處。

緊接著地面微微震動，待在柯諾斯臂彎裡的小熊也感受到了，「在地下！」

說時遲、那時快，一部分黑白地磚竟往兩邊退開，藏匿其下的存在向上升起，顯露它們完整的面貌。

一隻隻金屬巨鳥出現在小熊二人面前。

它們脖頸上繫著不同顏色的領結，紅色、藍色、粉紅色、白色……什麼顏色都有；一身華麗的寶藍色羽毛，眼珠位置鑲著純黑礦石，頭上還有寶藍色的小小頭冠，宛如戴著威風凜凜的小王冠。

但最引人注目的，莫過於尖尖的鳥喙與粗壯的爪子。

小熊嚥嚥口水，感覺一個自己都不夠人家吞。

而且這些鳥……這些鳥怎麼看都像是書房畫像裡的……

「范倫？」小熊震驚地嚷。

這裡與盧西恩男爵有什麼關聯？他知不知道自己的女兒跑來這？這裡究竟是用來做什麼的？

太多疑惑在小熊腦子裡橫衝直撞，不待她理出一點頭緒，金屬大鳥已猛地朝他們疾衝過來。

不僅如此，高台上的黑影也縱身一躍，將其中一隻巨鳥當成坐騎，舉劍直向柯諾斯劈砍。

柯諾斯迅疾拔劍，縱使單手抱著小熊，依舊靈敏擋下來自黑影的攻擊。劍刃撞擊聲尖銳刺耳，聽得小熊心頭一顫。

小熊清楚自己的戰鬥力趨近於零，柯諾斯就是她的金手指、金大腿。大腿要確實抱牢，但也不能妨礙大腿做事啊。

她二話不話一扭身子，像條魚從柯諾斯的臂彎中跳下。

「我會顧好我自己的！」藉著自己圓滾滾的優勢，小熊緊急一個翻滾，避開巨鳥的爪子，沒讓自己變成一張熊餅，「要逃跑的時候我也會叫上你！」

小熊記得自己對柯諾斯的承諾。

保護人太難了，不管身爲人或身爲熊，都要有自知之明。

但要跑一起跑，這點她絕不會忘記。

小熊從地上爬起，驚險閃過那些不斷抬起又落下的爪子。

她體型嬌小，在巨鳥或黑影眼中，不值提防或攻擊。

簡單來說，就只是一隻不足爲懼的熊寶寶。

柯諾斯強迫自己別去把小熊撈回來，偶爾也要給小動物一點自由，強制手段容易失去對方的愛。

假如小熊能讀到柯諾斯的心聲，一定會瘋狂吐槽。

謝謝，沒愛過，也不曾開始過！

在眾多抑魔石的包圍下，柯諾斯的身手雖說不若在螢火大草原那時的迅猛，但也未曾落於下風。

巨鳥的尖嘴和爪子，黑影的利劍，都被他輕而易舉閃避而過。

小熊則是努力地在巨鳥爪下求生存。

原本她想找個安全的地方躲藏，不拖柯諾斯後腿。然而一抬頭，她就瞧見兩具石棺的外觀不知何時冒出奇異的紫色紋路。

紫紋就像活藤蔓，一點一滴地往上爬。

只要給它足夠時間，便能爬到最頂端，甚至可能覆蓋棺內的貝芬妮與克麗絲汀。

這一幕落在小熊眼中，簡直像是無聲的倒數。

小熊果斷掉頭往石棺方向跑。

可這個舉動驚動了先前一直無視她的巨鳥。

碩大鳥頭轉回，無機質的眼珠倒映她的身影，攻擊目標立刻切換，從柯諾斯轉成狂奔中的小熊。

就算只有一隻金屬巨鳥，對小熊來說也是大危機。

她不敢把巨鳥往石棺方向引，以免金屬爪子或尖喙刺穿石棺，傷害到棺內的貝芬妮或克麗絲汀。

巨鳥張開尖尖的鳥嘴，身子驀地壓低，想將小熊一口吞下肚。

千鈞一髮之際，小熊連滾帶爬地躲過了猛烈刺擊。

鳥嘴咬了個空，直直插入地面。

小熊躺在地板上，一顆心怦咚怦咚地跳，彷彿正敲著大鼓。

她正要喘口氣，氣都還沒吸進去，就先變成了一聲悲慟慘叫。

「小蘇——」

自己的確成功躲過刺來的鳥嘴，可小蘇娃娃沒有。

替身娃如今躺在地上，尖尖的金屬鳥嘴貫穿它圓圓的腦袋，直沒地底。

小熊哪能見到好友的替身受到這種苦難。

「小蘇，我這就來救妳！」友情激勵她奮力躍起，義無反顧地撲向小蘇娃娃，熊爪猛力抓住巨鳥的腳。

然後……然後小蘇娃娃就被分屍了。

除了被鳥嘴釘住的上半腦袋外，其他部分全「啪」的一聲四分五裂。

塞在裡面的棉花紛飛落出，在小熊充滿震驚的眼中像是一場飄飛又淒冷的雪。

只不過雪是黑的，因爲之前被小熊染黑了。

對小熊來說，那不僅是黑色的棉花，還承載了她對小蘇及自身濃厚的冀望。

願她們的頭髮都如那些黑棉花一樣，豐厚濃密。

現在棉花全飛走了，不就表示……

「小蘇，妳的頭禿了啊！」小熊傷心欲絕地握住一縷飄下的棉花。

只剩半顆頭的小蘇娃娃沉默著。

它的半張臉還留著一半的「小」字，殘缺的筆畫讓那個字看起來更像厭世表情了。

小熊將那坨棉花塞進包包裡，發誓一定要將二號的遺骸縫進三號中，讓三號繼承二號的遺志。

自己與小蘇友情恆久遠的證明，就靠替身永流傳了！

察覺那顆尖喙刺入地上的鳥首似乎有掙動拔起的跡象，小熊趕緊往後退一大步，隨後她的目光觸及對方頭頂上的藍色小頭冠。

她眨眨眼，一幅畫面電光石火間從腦海閃現出來。

在盧西恩的畫像裡，范倫的頭冠大得像頂了一朵花在上面。

而像小王冠頭冠的，是另一隻鳥。

這些金屬巨鳥不是參照范倫製作的。

它們的參照物……是卡魯伊養的那隻雌鳥！

這個奇奇怪怪的地方，難道與卡魯伊有關？

小熊想將這個發現告訴柯諾斯，她回過頭，撞入眼中的景象讓她大驚失色。

先前對付巨鳥和黑影稱得上遊刃有餘的柯諾斯，此時動作竟出現了滯礙。

彷彿有無形枷鎖纏繞在他的四肢，讓他攻擊、格擋的動作變得困難。

他的衣衫上出現多道猙獰裂口，就算並未見血，可已教人怵目驚心。

偏偏男人仍是一臉愉快的笑容，彷彿沒發現自己正置身險境。

眼看黑影逮到空隙，散發森冷寒光的長劍瞄準了柯諾斯無防備的後背。

情急之下，小熊扯著嗓音大叫，「喂！黑漆漆的傢伙，看我這裡！」

高分貝的喊叫並沒有轉移黑影的注意力。

劍刃離柯諾斯越來越近，後者依舊一無所覺。

小熊焦急萬分，驀地靈光一閃，迅速從小包包裡掏出鬃刷。

手指一碰，說明文字重新進入腦中。

日常生活中隨處可見的小東西，丟向目標能激起目標最大的怒氣。

小熊與黑影隔了一段距離。

若是平時，要她像個神射手精準地丟中目標，那是難上加難。

但小熊有個特技。

那是靠著無數次抽卡，千錘百鍊練出來的獨門技巧。

只要把目標物想成抽卡的召喚按鍵，那就什麼也難不倒她。

小熊馬上催眠自己，那不是黑影的腦袋，那是一個好大的召喚鍵。

快看那召喚鍵，又閃又亮，小熊的抽卡之魂立即熊熊燃燒。

她毫不猶豫地掄動手臂，使勁全力地將鬃刷對著目標投擲出去——

鬃刷在空中劃出一道長長的拋物線，不偏不倚地落到了黑影人的頭頂上。

「咚」的一聲，鬃刷落下。

舉至半空的長劍也跟著頓了一下。

下一秒，黑影猛然轉過頭，駕著巨鳥往小熊直衝過來。飄揚的黑影如同它的憤怒，面具上更浮現多條紅黑紋路，構成了怒的表情。

小熊現在知道這些道具貨眞價實、童叟無欺了。

更知道，她可能就要小命不保。

「主人！」柯諾斯揮劍砍下意圖叼咬他腦袋的尖喙，想去救小熊，卻被其他巨鳥堵住去路。

「噫啊啊啊啊！」面對來勢洶洶的黑影，小熊只能抱頭逃竄，一邊逃不忘一邊大叫，「卡魯伊！這裡可能跟卡魯伊有關！」

無法立即突破攻勢趕到小熊身邊，讓柯諾斯的笑容徹底隱沒。

若小熊這時能瞧見他的表情，定會震驚於那張英俊面容褪去笑意後竟如此冷酷。

柯諾斯看著那些僅自己可視的銀白光點，它們散布在空氣之中，像載浮載沉的星子。

他彈了下舌，沒料到有一天會是搬起石頭砸自己的腳，「麻煩的東西。」

隱形的限制讓他連一半實力都發揮不出來。

不過並不影響大腦的運轉，凡是見過或聽過的他都不會忘記。他飛速整理腦中資料，找出關於卡魯伊的欄位。

前勇者小隊的成員，盧西恩男爵的父親，武器是粉色金屬打造的長劍。

口頭禪是……

柯諾斯目光一凜，在一隻巨鳥試圖往自己啄來之際，迅雷不及掩耳地一劍挑下對方領結。

粉紅色的領結一脫落，就被手掌不客氣地捏個粉碎。

巨鳥瞬間像被按下靜止鍵，化爲一尊沉默雕塑。

柯諾斯瞥向其他金屬巨鳥，領結的顏色五花八門，粉紅色只佔少數。假如粉紅色不是顯現在領結上，很可能藏在其他部位。

「主人，找出粉紅色！破壞它！」

「粉紅色？什麼粉紅色！」小熊躲得狼狽，不時哇哇慘叫。

她把黑影的仇恨值拉得滿滿，對方到現在都沒有考慮換追殺目標。

「卡魯伊有個口頭禪。」柯諾斯直截了當給出答案，「不知道如何選擇的時候，選粉紅色就對了。」

小熊想起來了，盧西恩男爵確實說過。

黑影騎的那隻巨鳥繫著白色領結，粉紅色得從其他地方找。

就在這時，把鳥嘴從地面拔出的巨鳥也加入爭奪戰。它邁著爪子，像猛烈的火箭衝撞過來。

小熊覷見那隻鳥的領結是粉紅色的。

兩隻巨鳥爲了搶奪小熊而低下頭。

緊要關頭，她扭身做出一個滑壘，在鳥爪抬高的剎那間，有驚無險地滑鏟至黑影騎的那隻巨鳥身下。

白領結巨鳥的動作比粉紅領結巨鳥慢一拍，嘴巴直直戳上後者的領結。

粉紅領結一遭損毀，洞窟內不動的雕塑又增加一個。

小熊同時靠著自己的核心肌群成功挺起身體，及時抓住巨鳥腹部的金屬片，把自己掛了上去。

這一掛，小熊眼睛張得老大，她居然在這隻鳥的腹部發現了粉紅色。

有根金屬羽毛是粉紅色的！

粉紅羽毛就在觸手可及之處，小熊在巨鳥重新邁開步子前，奮力伸出手臂，使勁一揪。

揪……揪不下來。

巨鳥在原地踏起步子，黑影似乎正尋找著小熊的蹤影。

小熊往小包包一摸。

先前抽到的道具都用完，手機絕對不能丟，她怕丟了先犧牲的會是它。

接著熊掌忽地摸到一個堅硬的東西。

——國王給的寶石小刀。

就是這個了！

小熊一手抓著羽毛，艱辛地靠著核心肌群維持姿勢——感謝自己平常的鍛鍊，感謝可靠的肌肉。

另一手握著小刀，對準那根粉紅羽毛大力砍去。

本來還在踏步的巨鳥驟然僵硬，如同遭到斷電的大型機器。

一放鬆，小熊的手沒抓牢，從巨鳥腹部跌了下來。

幸好巨鳥腹部離地不高，摔得不疼。

小熊翻了個身，從巨鳥身下匍匐爬出，才探出腦袋，就見前方四散著多具鳥形雕塑。

通通都是被柯諾斯破壞粉紅部位的金屬巨鳥。

小熊剛要鬆一口氣，就聽見柯諾斯的警告。

「主人躲開！」

躲什麼？前面不是沒危險……強烈的第六感讓小熊猛地轉頭向上望，黑影的手掌即將觸及自己。

近距離下，小熊看清了黑影面具的圖案。

眉心紅黑條紋中間，竟還藏著一條極細的粉紅色。

提示都送到自己眼前了，走過路過當然不可錯過。

小熊腎上腺素大爆發，像鍋裡的鹹魚霍然翻身，沒有躲避朝自己抓來的大掌，反倒手腳並用，強行攀上黑影的手臂。

黑影顯然沒想到小熊竟自己送上門，一時發懵。

小熊把對方的手當成竿子爬，三兩下便跳到它肩上，亮出爪子，對著面具粉線狠狠劃下。

面具卻一點破損也沒有。

「柯諾斯！」小熊立刻呼喊救兵，「它的面具，眉心中央有粉紅色！」

受鬃刷效果影響，黑影所有注意全放在小熊身上，一心一意只想扯下攀上自己的熊，連柯諾斯接近了都沒留意。

小熊把黑影當成架子，靈活地在它的頭頂、肩上、後背爬來爬去。

一影一熊從鳥背糾纏到地上。

小熊趴在黑影頭頂，試圖強行扳下面具。面具卻紋絲不動，彷彿和它的臉焊在一塊。

面具扒不下，爪子也破壞不了……

這樣的話，至少要限制住黑影的動作。

覷見黑影欲提劍再動，小熊想也不想地雙腳纏住它的脖子，身子向後倒掛。

感謝練過的瑜珈，讓自己能夠做出活像大法師的姿勢。

動作是做成功了，無奈手不夠長，根本搆不到黑影的雙手，達到壓制的目的。

只要自己能變大……

大！

小熊想到被賦予的金手指，可以把東西變大的那個，可緊接著又憶起那個能力不能用在生物上。

心急之下，小熊在內心吶喊。

星戀之神，信女願意再茹素一個禮拜，拜託讓我的手變長！

星戀之神依舊毫無聲息，沒有給出任何話語。

但小熊的腦子卻神奇地浮現一行優雅的花體字。

信仰不夠。

小熊咬牙切齒，一張熊臉徹底扭曲。

等回到現實，信女願意馬上再為星戀課一單以表心意！

腦中的花體字徐徐舒展，顯示新的內容。

熊寶貝一族會因產生深刻愛意變出人形。

恭喜妳，妳的愛意值被認可了。

一切都發生在電光石火之間。

小熊感到身子一熱，視野高度隨之改變，就連拚命往下伸的兩隻手也變得細瘦白皙。

不再是熊掌，赫然是人類的手！

小熊雙腳反射性勒纏得更緊，雙手更是當機立斷地扣住黑影手腕，還不忘拍落它手裡的長劍。

黑影沒料到掛在背後的熊會忽然大變活人，還用如此奇葩的姿勢牽制住自己的行動。

小熊扯著嗓子，撕心裂肺地大叫。

「柯諾斯，快點！」

不然她要腦溢血加身體抽筋了！

小熊不確定自己是不是聽到一聲悶笑，顛倒的視野中看不見後方情況，只知道這個頭下腳上的姿勢快折磨死她了。

在小熊大叫之前，一束銀光風馳電掣地撕裂空氣。

大叫餘聲消散，鋒銳的尖端已快狠準地刺中面具上極細的粉色線條。

面具硬度超出想像，劍尖停留在紋路處，像是再也無法突進一毫。

可就在下一剎那，劍尖底下的面具迸出裂縫。

一條、兩條、三條……更多條。

粉色紋路，從中心破碎了。

第9章

懸在半空的長劍往下掉，砸在地面發出清脆聲響。

黑影雙腳像沒了支撐力氣，膝蓋直直往下碰地。

小熊狼狽萬分地從它後背摔下來。

她扶著脖子，想弄清楚眼下是什麼情況，還沒找到柯諾斯，視線先觸及平台下的石棺。

棺蓋上的紫色紋路不知不覺已來到最頂端。

沉穩的腳步聲同時接近。

小熊下意識循聲望去，見到柯諾斯彎身撿起掉落在地的長劍。

長劍執高，幽光落在劍身上，折閃出更森冷的光輝。

那柄閃耀凜凜寒光的長劍就要劈向戴著面具的黑影。

說時遲、那時快，兩聲驚駭尖叫響起。

「快住手！」

「不要傷害爺爺！」

爬滿紫紋的棺蓋被用力推開，躺在石棺裡的兩名少女踉蹌爬出。

「什麼！」小熊瞪圓了眼，懷疑自己聽錯了，不然怎會聽見「爺爺」兩字。

貝芬妮和克麗絲汀的爺爺……不就是勇者小隊的卡魯伊？

但他不是早就死了！

驚覺到與他們對打的黑影居然是個鬼，小熊整臉煞白，恨不得自己能原地消失。

為什麼乙女遊戲裡面會有鬼！

少女們的吶喊並未讓柯諾斯停下長劍，劍刃依舊不見猶豫地向下劈斬。

「不──」貝芬妮和克麗斯汀衝上前，臉上血色盡褪，眼裡露出絕望。

在她們驚駭的視線中，冷光劃下，黑影臉上的面具一分為二，掉落在地。

除此之外，黑影身上沒有長劍造成的任何傷害。

貝芬妮與克麗絲汀呆住，心情大起大落讓她們身子一晃，只能貼靠著彼此穩住站姿。

小熊努力往前爬，目瞪口呆地看著沒了面具遮擋的臉孔。

明明脖子以下由黑影構成，但脖子以上的那張臉……就跟她在盧西恩男爵書房裡看到的肖像畫一樣。

淡金色的髮絲和眉毛，臉上皺紋絲毫沒有減損氣勢，反而更添英武豪氣。

黑影眞的長著一張屬於卡魯伊的臉！

小熊現在眞的想要昏過去了，面前景象擺明告訴她，她正在活見鬼。

不要啊，她最怕的就是鬼了！

失去面具對黑影來說彷彿失去了全部力量，連那柄被小熊拍落的長劍亦消失得無影無蹤。

「爺爺！爺爺！」貝芬妮和妹妹跌跌撞撞地撲向黑影。

「你對爺爺做了什麼事！」貝芬妮紅了眼，厲聲質問柯諾斯。

柯諾斯對少女們視若無睹，一步步走向仍趴在地上的小熊。

綁著包包頭的女生蒼白著臉，眼神飄移，一副像要隨時風化的可憐模樣。

絲毫想像不出不久前她還義無反顧地擺出驚人姿勢，像隻大蜘蛛固定住黑影的身體。

沒刻意放輕的腳步聲驚得小熊一個哆嗦，她回過神，見柯諾斯提劍朝自己走來。微微晃動的劍刃映出她花容失色的臉。

不是熊，是人的。

久違地看見自己的人樣讓小熊感動萬分，但這股感動轉眼就像泡泡破滅。

小熊想起來了，眼前朝自己步步逼近的銀髮大帥哥曾笑容滿面地放話過。

要是她變成人，就要——

「殺了妳喔。」

高潔矜貴的微笑躍上腦海。

噫啊啊啊啊！

撞鬼很可怕，但小命更重要！

小熊想要爬起來逃跑，然而腦子這麼想，四肢卻完全不配合。她手腳發軟地坐在地上，感覺自己是隻躺在砧板上的魚。

不對，魚還能彈跳、甩個魚尾，她則是渾身僵硬，動彈不得。

柯諾斯越走越近，長劍仍被他穩穩握在手中。如玉雕的白皙手指握在劍柄上，比雕飾華美的劍鍔更像藝術品。

酒紅色眼瞳如上等紅寶石，卻比寒冰堅冷。

總是噙掛在唇邊的聖潔笑意這一刻徹底消隱，使得五官完美的臉孔像戴上一層冰冷面具。

小熊嚥嚥口水，比起先前總是笑咪咪的柯諾斯，眼下的銀髮男人更戳中她的喜好。

再直白一點，就是更戳她這個成熟大人的性癖啦。

反應到自己都快小命不保了，腦子竟然還有心思想黃色，小熊就很絕望。

當柯諾斯在自己面前站定，小熊的一顆心都要提至嗓子眼，神經綳到最緊。

星戀之神只告訴她對抗邪神有風險，沒告訴她召喚來的角色風險更高啊！

小熊不敢面對自己的死狀，逃避現實般地摀起雙眼，但手指間隙實際上大得能看見她的眼。

柯諾斯抬高舉劍的手。

下一刻，那柄長劍俐落地收入劍鞘。

原本還握著武器的大掌落至小熊頭頂。

小熊的一雙眼睛睜得圓溜溜的，反應不過來現在是什麼情況。

雖說她都二十七歲了，但個子小，臉又嫩，如今睜大眼睛傻乎乎地仰視著人，給人感覺更小了。

柯諾斯突然在小熊頭頂作亂，毫不客氣地把她的包包頭揉散。

「快住手啊啊啊！」小熊立時忘了生命危險，慌亂地想要搶救自己的頭髮。

柯諾斯手勁那麼大，她的頭髮ＡＢＣＤ都要脫離頭皮了。

她才不想因爲這樣而變禿！

小熊想要擺脫柯諾斯的魔掌，偏偏那隻手硬扣著她的腦袋，強勢得像能一掌捏碎她的頭骨。

小熊戰戰兢兢地抬眼往上瞅。

……大哥，你殘害我寶貴的頭髮還不夠，難道連我的天靈蓋都不放過嗎？

「手感比熊差了點，但勉強能行。」柯諾斯說。

BEAR

小熊按著散亂的頭髮，愣愣地盯著說話的柯諾斯。

憑她一點零的優良視力，她相信自己沒看錯，柯諾斯的嘴角確實彎起了一咪咪。

這是不是表示她的人身安全……保住了？

「妳是熊寶貝一族的？」柯諾斯手指勾起一綹亞麻色髮絲。

「呃，對。」小熊乾巴巴地說。

「熊寶貝一族只有在產生深刻愛意時才會變身，妳當時在想什麼？」柯諾斯問道。

想什麼？當然是心痛自己為遊戲失去的金錢啊。

小熊心裡這麼想，嘴上不敢講。

直覺告訴她，誠實這種美德這時候是不需要的。

但人質在他手上，小熊不敢不回答。

玩家課的金都是對遊戲的信仰，換算起來就是對遊戲的愛。

但這種理由不可能說出口，那就得換個方式說。

既然柯諾斯是爛漫星光之戀的一部分，四捨五入一下……那就是星戀本身了。

「你，我在想你！」小熊都想稱讚自己是邏輯鬼才，找到這麼棒的回答。

柯諾斯依舊面無表情地俯視小熊，酒紅瞳孔映出小小的她。

若小熊在此刻打開手機頁面，就會不敢置信地發現柯諾斯的愛心刷滿第七顆了。

小熊緊張地繃著身子，不知道這個答案能不能讓對方滿意。

終於，人質被釋放了。

柯諾斯抽離了手，任憑髮絲從指間滑落。

「用那種像大蜘蛛的姿勢想我？」柯諾斯嘴角明顯翹了一下，「妳的愛可真獨特，主人，如果只是妳單方面也不是不行。」

什麼大蜘蛛？有那麼可愛的大蜘蛛嗎？

硬了硬了，小熊感覺自己的拳頭硬了，但思量彼此的戰鬥值，又瞬間軟下了。

算了，總之成功避過生死大劫就行。

小熊這麼安慰自己，視野高度冷不防出現變化，一下子降低。

她先是一愣，連忙伸出兩隻手。

好喔，又變回毛茸茸的熊爪子了。

不用照鏡子也知道，她又從人變成熊了。

柯諾斯冷淡的臉部線條瞬時變得柔軟，「現在我們是雙向的愛了，主人。」

看著笑顏如花，恨不得把臉埋進自己毛裡大吸特吸的柯諾斯，再對比他先前的冷若冰霜，小熊冷笑一聲，只想說……

呵，男人。

貝芬妮和克麗絲汀忙著關心黑影情況，渾然沒注意小熊那邊發生了什麼事。

確認過黑影真的沒有大礙，她們這才鬆了一口氣。

緊接著接近的腳步聲令她們心頭一顫。

她們緊張地看著柯諾斯，沒忘記對方剛才是如何一劍讓黑影完全喪失戰鬥力。

柯諾斯毫不在意少女們一臉警戒，只是爲了護送小熊過來。

「所以……他是妳們的爺爺？那個勇者小隊的卡魯伊？」小熊緊抓著柯諾斯大氅一角，拒絕落地，她實在不想與鬼太過接近，「能不能告訴我……」

小熊的話還沒問完，就被一聲高分貝的稚嫩大叫打斷。

「姊姊！」

所有人反射性看向聲音來源，除了柯諾斯，三張面孔上全都寫著震驚。

一道提著裙襬跑來的嬌小人影進入他們眼內。

那是安琪拉。

照理應該在自己房間睡覺的安琪拉。

「怎麼連她也來了！」小熊大感震撼。

安琪拉一身狼狽，睡裙弄得髒兮兮的，汗水讓她的金髮一綹綹地黏貼在額頭上。

除此之外，看起來並沒有受傷。

「貝芬妮姊姊！克麗絲汀姊姊！殿下！」安琪拉氣喘吁吁地跑過來。

黑影低垂著頭，她沒仔細去看對方的臉，注意力全放在兩個姊姊身上，接著大驚失色地嚷。

「妳們怎麼變得更暗了！」

小熊猛地轉頭望向貝芬妮二人，剛才被柯諾斯嚇得快要靈魂出竅，沒仔細留意她們的狀態。

如今定睛一看，她們倆眞的暗了不少。

兩名少女從頭到腳顏色暗了一階。

或者說，黑了一層。

等等……黑？

小熊下意識看向剛剛囚禁貝芬妮她們的石棺，發現倒落在一邊的棺蓋隱隱泛著紫光。

「紫光、變黑……」小熊喃喃自語，這兩個字詞放在一起，讓她有種強烈的熟悉感。

下一剎那，她恍然大悟。

這不就是日曬機的概念嗎？

兩位男爵千金的變暗……原來是人工曬黑！

「我們才不是變暗，是把膚色變得更深一點。爺爺曾說過，古銅色是能讓人更強健的顏色……不對，安琪拉，爲什麼妳會在這？妳怎麼找到這裡來的？妳……」

么妹乍然出現，讓貝芬妮大腦一團混亂，最後她抓住了一個最重要的問題，氣急敗壞地捏住安琪拉的耳朵。

「這個時間點妳怎麼還沒睡！」

「好痛好痛，不要揪我耳朵啦！」安琪拉哭喪著臉，想要把耳朵從貝芬妮冷酷的手指下搶回來。但來自姊姊的血脈壓制讓她不敢亂動，只能嘴巴嚷嚷抗議，「妳們還不是一樣，竟然瞞著我偷偷跑到這裡玩了！」

「我們這才不是玩。」克麗絲汀揪住么妹的另一隻耳朵，「妳那麼晚不睡覺，不怕長不高嗎？」

兩隻耳朵都被揪，安琪拉拚命向小熊拋出求救眼神。

殿下、殿下，快救救我啊！

一頭霧水的不僅是貝芬妮兩人，小熊心中問號也不停狂冒，但還是幫了可憐的小朋友一把。

「安琪拉的耳朵好像要掉了，先放開她吧。」

得救的安琪拉連忙與兩個姊姊拉開距離，以免耳朵不小心又被揪著不放。

「安琪拉。」貝芬妮拿出長姊威嚴，「把事情說清楚。」

「殿下跟我的房間很近，我一直在偷偷觀察，因爲殿下說會幫我實現願望……然後我就發現她離開房間了。」

安琪拉抬手抹抹臉，沒發覺手背髒兮兮的，使得她的臉頰也染上污漬，變成一張小花臉。

「我有很小心地跟在後面，都沒被發現呢。我跟到圖書室，我就知道那裡有問題，姊姊們才會總是關在裡面不出來。」

眞的沒發現？小熊瞄了柯諾斯一眼，懷疑這話的可信度。

「我悄悄打開圖書室的門，看見殿下他們往裡面一直走，然後騎士大人忽然向後看。嚇我一跳，我還以爲被發現了，幸好沒有。」

小熊：「……」

不，肯定是發現了，只不過沒說出來。

「我在外面等了一會才進去，最裡面是一個大書櫃，可是殿下他們不見了。我就想，書櫃一定有什麼祕密吧。後來我發現只有中間那層有三本書是粉紅色的，爺爺說過，不知道選什麼的時候，選粉紅色就對了！」

小熊恍然大悟，原來粉紅色的提示這麼早就出現！

柯諾斯破解機關的速度太快，她完全沒機會研究書櫃，就直接被人帶進密道裡。

貝芬妮和克麗絲汀也面露愕然，沒料到書櫃的祕密這麼好破解。

她們當初會找到密道，還是從爺爺的手札裡看見的。

上面寫了要是哪天覺得人生迷茫，就去圖書室最後面的書櫃找出三本有關強健體魄的書籍，將會得到意想不到的指引。

貝芬妮與克麗絲汀當時確實陷入迷茫，不知該如何是好，就去圖書室碰碰運氣。

沒想到就這麼誤打誤撞啟動機關，看見藏在書櫃後的暗門，繼而找到這處訓練場。

「我把三本粉紅色的書都拿出來，書櫃突然動了，原來後面還藏著一道門。」

原本安琪拉是小小聲地招認，說到後面忍不住洋洋得意。

「姊姊妳們和殿下一定都是走進這裡面，我也跟著下去啦。好神奇喔，路會突然向後移動，要跑好快，不然就會站不穩。我拚命跑了，可惜還是摔了一跤，很快就被送到進來的洞口。」

「被送到洞口？路不是坍了嗎？」小熊吃驚地問，問完才發現這問題本身就有矛盾。

假如路眞的坍塌了，那麼安琪拉就不可能成功找到這裡。

小熊拍了下額頭，她果然不是一隻合格的福爾摩斯熊，連這種明顯的疑點都沒發覺。

「看起來坍了，但其實沒坍。我往後滑的時候差點嚇得哭出來，以爲眞的會掉下去……」安琪拉拍拍胸口，回想起來仍是心有餘悸，但很快又開心地笑起來，「結果是假的，嘿嘿。後來也出現很多嚇人的景象，但都是假的。這裡好好玩喔，要跑很快，要跳起來抓住上面的圓環，還有努力跑大滾輪……」

安琪拉扳著指頭算起自己經歷的考驗，小熊則是越聽越不對勁。

先前通過那些難關時沒特別的感覺，現在被安琪拉這麼一說……

怎麼聽起來那麼像在參加極限體能王？

「不愧是我的孫女，都成功地來到了這裡……」黑影抬起頭，語氣虛弱，但又透著強勁的意志力。

「爺爺！」換安琪拉瞪大眼，認出黑影長得與爺爺一模一樣，「爺爺還活著！」

「我不是卡魯伊，我只是卡魯伊留下的執念體而已。」黑影啞聲否認。

小熊一抖。執念什麼的，聽上去不就更像鬼了嗎？

「人死後，對某些特定的人事物會留下執念。普通的執念就像小小的影子碎片，短短幾天就會散去。偶爾也會出現強大的執念，留下時日較長一些，但只要達成心願或是時間到了，一樣會消散。」柯諾斯平淡地爲小熊解釋。

黑影用著像旁觀者的方式述說。

「卡魯伊熱愛訓鍊、鍛鍊、磨練，爲了增強自己體能，他在地下建了一座訓練場，花費數年打造各種機關，最大的心願就是與三個孫女一起在這鍛鍊。」

「這心願不包含盧西恩大人嗎？」小熊疑惑地問。

「那個中看不中用的蠢兒子，只想練出能吸引女人的肌肉。」黑影對盧西恩頗爲嫌棄，「一點也不理解鍛鍊的眞諦，就只是中看不中用的花架子而已。好不容易訓練場的機關完成了，卡魯伊想把這作爲孫女生日的驚喜，又想先給出一點提示。

於是他在手札裡留下線索，想著孫女說不定能先發現。誰想得到生日還沒到來……他就先因病過世了。」

想著在手札看見的那幾句話，貝芬妮和克麗絲汀不由得眼眶泛紅，鼻頭更是一酸。

原來這個地方……是爺爺要送給她們的禮物。

「卡魯伊太掛念訓練場和孫女，他的執念形成了我。我一直待在這裡等待著，在貝芬妮妳們找到這裡來之前，我不斷進行各種鍛鍊打發時間。終於，我等到妳們了。」黑影咧嘴一笑，神情流露幾分自豪。

卡魯伊的孫女，它的孫女……她們果然沒讓自己失望。

她們接受了它的訓練，從嬌滴滴的千金小姐成為強悍的出色女性，現在不但擁有健康的小麥膚色，還有著緊緻結實的肌肉。

「我的孫女啊，要相信妳們鍛鍊出來的肌肉！肌肉是不會背叛妳們的！」執念體振臂疾呼。

小熊沉默地環視周圍，再想想他們一路找來此處遇上的考驗。

她懂了。

這裡哪是什麼神祕洞穴，這裡應該叫卡魯伊的健身房才對！

如今終於親眼見到三名孫女成功來到這裡，卡魯伊的執念體滿足地閉上雙眼，宛如黑影構成的身軀逐漸轉淡。

「慢著，給我等一下！」小熊急忙大叫一聲。

正在轉淡的身影霎時變得凝實，執念體睜開雙眼，像在無聲催促小熊有話快說，別攔著他消失。

「星光……勇者凱爾多贈送給你的星光之柄，究竟藏在什麼地方？」

「我將星光埋在重要之地，我在重要之地俯瞰我的寶物。唯有繁星照耀，才會讓星光重新現世。」

說完這段話的執念體再也不管小熊的追問，果斷地閉上雙眼，身體轉眼化爲透明，消失在眾人眼前。

與手札上如出一轍的話讓小熊只想仰天長嘯。

這不是有說跟沒說一樣嗎？

即使知道卡魯伊早已離她們而去，但執念體的消散還是讓三名少女紅了雙眼。

克麗絲汀摟著淚汪汪的安琪拉，手掌一下下拍著她的背。

貝芬妮抹去眼角滑下的淚水，拿出長女的堅毅。

「殿下，我不知道你們是怎麼找到這裡的，也不知道父親是否跟你們說了什麼……但請你們千萬不要相信他的話。」

「欸？」小熊一愣。

既然小熊他們找到了這座地下訓練場，也知道執念體的存在，貝芬妮認爲公主殿下或許能幫她們一把。

她咬咬牙，鬆口吐露出驚天之祕。

「他根本……就不是我們的父親，他是假的！」

「啥？」小熊整個陷入一團混亂。

盧西恩男爵說，我的大女兒和二女兒不太對勁。

男爵的女兒則說，現在的父親，根本不是我們的父親，是個冒牌貨。

「姊姊妳在說什麼？」同樣大感混亂的還有安琪拉，「父親怎麼會是假的？就像姊姊妳們雖然變暗了，我也沒想過妳們是假的。」

「我們這不是暗，是變健康。」克麗絲汀嚴肅糾正。

「父親……不對，那不是原來的父親。」貝芬妮眼神凌厲，「范倫總是與他形影不離，但某天范倫卻不見了。父親說范倫是年紀到才會偷偷離去，但爺爺的茉莉明明活了那麼久。還有，父親的習慣也變了，他明明熱愛肉食，卻突然變得只喜愛蔬菜。范倫會消失，一定是那個冒充父親的人怕牠發現不對勁，畢竟范倫最了解父親了。最關鍵的是……」

克麗絲汀小小聲地說，「我看到父親他……用了魔法。」

「魔法？他用魔法有什麼……」小熊話剛脫口，猛地憶起這個世界的設定。

這是一個劍與魔法的世界，但唯有人類無法使用魔法，他們體內沒有魔力存在。

這樣的話，宅邸的那位盧西恩男爵又是誰？

「我知道他是什麼。」柯諾斯語出驚人。

所有人的目光全都集中在他身上。

「我也有辦法讓他變回原來的樣子，只要主人妳願意……」

柯諾斯條件都還沒開出來，小熊已豁出去地喊道。

「願意願意，肚子讓你埋個半天可以了吧！」

「另外……」柯諾斯倏地望向貝芬妮等人，「妳們屆時也要給我一項東西作爲報酬。」

「只要是我們能做到的，都沒問題。」貝芬妮努力保持冷靜應允。

從柯諾斯方才露的那一手就知道，這名男人願意幫忙，對她們而言是絕大的助力。

不過在回到地上之前，小熊還有一件重要的事要做。

——找出星光之柄。

第10章

從執念體出現在這地方判斷，此處對他來說很重要。
手札裡又提到「我在重要之地俯瞰我的寶物」。
寶物、寶物……
若從手札的前後字句來看，很可能會誤認「星光」就是所謂的寶物。
但卡魯伊是因為孫女才產生執念體，他一心想將這裡送給孫女們當禮物……
他眞正的寶物，是貝芬妮三人才對！
小熊仰頭再看看頭頂上的岩石，想不透如何讓繁星照耀。
「貝芬妮小姐，妳知道這裡的正上方是哪嗎？」
假設剛好是戶外，也許可以試著鑿穿一個洞。
貝芬妮回答，「我估算過，上面應該是廚房。」
這個答覆猶如一盆冷水潑下，小熊只能熄了鑿洞的心思。

「天啊，埋在屋子下方的大洞，要怎樣才能讓繁星照耀……」小熊煩惱地想揪扯自己的毛，但思及變回人形後有禿的可能性，爪子頓時不敢亂動。

貝芬妮和克麗絲汀很想幫公主殿下的忙，可她們也無能爲力。

再怎麼想，深藏於地底下的空間，怎可能被繁星照耀。

「一定要真的星星嗎？」安琪拉冒出奇思妙想，「我房裡有很多夜光星星的貼紙，我可以送給殿下。」

「安琪拉別鬧。」貝芬妮低聲斥道：「殿下已經很煩惱了。」

安琪拉的童言卻讓小熊醍醐灌頂，瞬間豁然開朗。

如果沒有真的星星……那就自己製造星星。

就像那一晚，她製造的星光照耀了遊戲卡池的召喚鍵一樣！

小熊飛快從柯諾斯身上跳下，打算如法炮製曾在螢火大草原上做過的事。

她雙腳一彎，不假思索地用自己的腦袋撞地，撞到的卻不是硬邦邦的地面。

柯諾斯的手及時墊在地上，不讓小熊粗暴地傷害自己。

「主人，妳的熊頭如此珍貴。」

「……」我就知道在你心中我只是一隻動物。

小熊撥開那隻阻礙她與大地親密接觸的手。

「沒事，讓我撞，撞一撞就能解決問題了，應該啦。」小熊其實還存有幾分不確定。

但現在別無他法，只能賭賭看了。

待柯諾斯總算抽離了手，小熊二話不說地用腦袋往地面猛力一撞。

「殿下！」

這動作嚇到了貝芬妮等人，她們連忙想要阻止，萬一公主殿下因此有個萬一還得了？

相較於臉色刷白的姊姊們，安琪拉最先發現奇妙景象。

「星星！」安琪拉驚奇大叫，「殿下撞出星星了，殿下好厲害！」

貝芬妮與克麗絲汀定睛一看，眼裡浮上驚訝，忍不住懷疑自己看錯了。

眨了幾下眼後，閃亮的星星依舊沒消失。

仗著熊頭耐撞，小熊一連撞了好多下，獲得越來越多金星光環。

一串串星星在地上閃耀著燦爛的光輝。

雖然沒什麼痛感，但接連撞那麼多下，小熊也撞得頭暈了。

待暈眩感如潮水退去，小熊捧起一地星星光環，向貝芬妮追問，「妳們爺爺在這裡的時候，最習慣待在哪個地方看妳們訓練？」

「爺爺他……」貝芬妮本能地回話，「大部分時間會站在上面。」

得到答案，小熊一溜煙竄上石階，來到能將底下景象一覽無遺的平台上。

柯諾斯自是跟了上去。

在小熊苦思哪裡才是執念體最常站立的位置時，柯諾斯爲她指出了方向。

「這裡。」柯諾斯所指之處有個不明顯的淺淺凹痕，「他習慣拄劍而立，劍尖會在地面留下一些痕跡。」

小熊比對了下方向，迅速把懷裡的星星全放地上，再向柯諾斯借他的劍。

「借我一下，我要把這些星星砸碎。」

以目前光環數量來看，估計達不到「繁星」的標準。

但只要把它們砸得粉碎，「繁」這個字應該多少能夠達標。

柯諾斯沒把長劍交給她，而是主動單手舉起劍，迅猛地往地面星星光環斬下。

須臾間，地上的星星光環成了一堆發光粉末。

它們鋪灑在暗色岩地上，就像一道夜裡綿延展開的星河。

而在小熊沒留意到的角度，柯諾斯的另一隻手在背後虛畫出一枚古怪圖紋。

灑滿星星粉末的岩地驟然迸開幾條裂縫，蛛網般朝四周擴散出去。

裂縫中心處則冒出銀白微光。

那些唯有柯諾斯才看得見的光點像受到吸引，一口氣全往這處靠近。

下一刹那，細碎白光化成具體，進入所有人眼中。

它們像是砂粒，又像是破碎的珍珠，觸及地面便散逸成淡淡光暈。

這陣朦朧白光中，有什麼由裂縫中心內冒出，形體漸漸看得分明。

細碎的銀白晶體鑲在劍柄上，乍看下如同鍍上一層星光。

望著面前緩緩浮至半空中的劍柄，小熊的腦中跟著浮現一句話。

——唯有繁星照耀，才會讓星光重新現世。

為免夜長夢多，貝芬妮提出今夜就去揭穿盧西恩身分的要求。

進來時歷經重重困難，出去時反倒意外簡單。

沿著原路回去，沒再出現任何機關，順暢得不可思議，那些嚇人的陷阱或深黝的坑洞消失得無影無蹤。

一行人重新回到圖書室裡。

推開圖書室大門，外頭仍被寂靜包圍，深陷夢鄉的大宅眾人不會知道地底下曾發生什麼事。

貝芬妮領著一行人前往盧西恩的房間。

知道姊姊現在正要做一件重要的事，安琪拉摀著嘴巴，不敢製造太大聲響。

「柯諾斯，你要怎麼讓假盧西恩承認他是假的？」小熊坐在柯諾斯肩頭，與他小小聲地咬著耳朵。

「他會主動承認的，相信我，主人。」柯諾斯給出保證。

盧西恩的寢室沒有上鎖，門把一轉，稍微施加點力道，門板就能向內推開。

房裡仍亮著一盞小燈，昏黃的燈光在壁面上映出一圈朦朧光暈。

房間主人躺在床上熟睡，渾然不知有人悄無聲息地從外入侵。

擔心妨礙到柯諾斯二人的行動，貝芬妮自願與妹妹們待在房外等候。

安琪拉極富好奇心，也不太相信自己的父親是冒牌貨。她探出腦袋，兩隻眼睛睜得大大的，深怕錯過房內任何畫面。

貝芬妮眉頭皺緊，給了克麗絲汀一個眼神，兩人合力扳回安琪拉的腦袋，不讓她繼續探頭探腦。

小熊還眞猜不出來柯諾斯要怎麼讓盧西恩主動承認。

她想過無數複雜方法，但接下來發生的事證明一切是自己想太多。

柯諾斯的辦法用四個字就能形容——簡單粗暴。

站在床前的銀髮男人猛地伸手掐上盧西恩的脖子，手指收攏，直接把睡夢中的人生生掐醒了。

突來的痛楚讓盧西恩瞬間驚醒，他恐駭地瞪大眼，待看清攻擊自己的居然是公主的騎士，雙眼不敢置信地瞠得更大，面孔因呼吸困難而漲得通紅。

「你……你……」盧西恩吃力地擠出聲音，像是猛然想起什麼，他扭過頭，瞳孔遽然收縮。

他看見小熊站在柯諾斯身側。

盧西恩看起來更加驚懼迷茫，不了解公主為何放任騎士夜襲自己。床上的盧西恩體格較柯諾斯壯碩，柯諾斯卻能單手把他提離床鋪。

「柯諾斯、柯諾斯，這樣真的沒問題嗎？」小熊看得心驚膽跳。

柯諾斯仍是笑著，「別擔心，我的主人，頂多是不小心真的弄死了。」

小熊胸口一窒。不不不，這根本讓人擔心死了！

盧西恩猛力掙扎，雙手想抓撓柯諾斯的手臂，指尖甚至冒出一簇火焰。

熾烈火焰欲如長蛇纏住柯諾斯，但那雙紅眸只冷漠無溫地一瞥。

彷若受到某種無形壓制，火焰霎時熄滅。

震駭佔領盧西恩的眼，他的眼白爬滿血絲，雙手使勁抓扯對方的手，對方修長的手指卻如鋼鐵般不可撼動。

即使只短短幾秒，足以讓小熊看清盧西恩真的使出了魔法。

人族是無法使用魔法的。

床上的盧西恩，並不是眞正的盧西恩！

中年人的臉從紅再轉爲青紫，他張著嘴，彷彿想藉著這個動作讓自己吸取新鮮空氣，卻徒勞無功。

痛苦讓他眼珠往上翻動，露出大片眼白，他的雙腿蹬得更厲害，嘴裡擠出嗬嗬聲響，像是漏氣的管子。

再這樣下去，他眞的要被柯諾斯掐得小命不保。

小熊急忙想喊停，接著只聽見柯諾斯語帶一絲失望地說：

「啊，看樣子沒辦法不小心了。」

小熊嘴巴開開，震驚地看著被柯諾斯掐住脖子的中年人……在變色。

怪異的藍色一下覆蓋盧西恩的皮膚，那張因窒息而發紫的臉也跟著變藍了。

藍色仍在擴散，連盧西恩的頭髮都一併變色後，柯諾斯無預警地鬆開手。

盧西恩重重倒回床鋪，他大口大口地用力吸著氣，像是還未發覺自己身上發生怪異的變化。

不僅皮膚和頭髮轉成寶藍色，倒回床上的身軀亦大幅縮水，像被放了氣的氣球，眨眼體型大變。

隨後，人不見了。

取而代之的是一隻擁有華麗羽毛的寶藍色鳥類。

看著外形像是金剛鸚鵡的大鳥，小熊大腦迎來重擊，一個名字來到嘴邊，還沒來得及跳出，就被人搶先一步喊去。

「范倫！」按捺不住想偷看的一顆心，安琪拉擺脫姊姊們的魔掌，腦袋往門口一湊，沒想到會看見再熟悉不過的身影，「是范倫！」

安琪拉的驚呼讓貝芬妮與克麗絲汀也愣住，她們對望一眼，馬上望向房內。

床鋪上的父親不見了，那裡躺著一隻她們絕不會錯認的鳥。

長長尾羽垂曳下來，像是華麗裙襬，宛如大花盛開的頭冠是寶藍色的，全身羽毛像籠罩著一層微微螢光。

以爲早已離開她們家的范倫，居然就在這裡。

還變成她們父親的模樣！

「爲什麼范倫會……」貝芬妮思考停擺，大腦變成一片空白。

「父親、范倫……父親、范倫……」克麗絲汀彷彿喪失了語言能力，只能擠出重複字詞。

「爲什麼盧西恩男爵的鳥……」總覺得這種說法充滿歧義，小熊當即改口，「爲什麼他的寵物鳥會變成他的樣子？」

柯諾斯拿出手帕一根根地擦拭手指，好似剛剛碰觸的是什麼髒東西。

「藍幻金鸚，魔物的一種。可以變幻成他種生物的外貌，碰上瀕死危險會讓它們恢復原形。不管雌性或雄性，藍幻金鸚都會吐出抑魔石，只要活得夠久，數量不是問題。」

「抑魔石就是我們在地下看到的那些發光小石……」小熊話聲一頓，記憶一角猝然被觸動。

藍幻金鸚……

發光小石頭……

小熊瞠圓了眼睛，想起自己最初單抽道具時就抽到了「藍幻金鸚的發光小石頭」。

原來那個就是抑魔石。

也就是說，畫像裡的藍幻金鸚和洞窟內的抑魔石，都讓柯諾斯對假盧西恩男爵的身分有幾分存疑……

「魔物？」安琪拉不知道藍幻金鸚是什麼，可她知道魔物通常代表著可怕的意思，稚氣的臉蛋瞬時刷白，「難道說，范倫把父親吃掉了！」

「胡說……咳咳咳，胡說八道！」被揭穿身分的藍幻金鸚邊咳邊嘶啞地反駁，「盧西恩是我最重要的朋友，我絕對不可能傷害他一根寒毛的！」

「范倫還會說話！」安琪拉搗著嘴，眼睛瞪得更圓。

「我本來就會說話……」范倫再咳了幾聲，感覺脖子處仍像火燒般刺痛。要不是有羽毛擋著，現在大概能看見一圈可怕的手印。

「所以說……」貝芬妮與克麗絲汀一起走進房裡，反手關上房門，以免話聲傳出，「父親他是安全的？」

「貝芬妮，難道妳不相信范倫嗎？范倫是最聰明也最忠心的鳥了。」范倫用翅膀搗著自己的脖子，眼裡浮現委屈。

「我不懂……如果父親沒事，你爲何要變成他的模樣？」克麗絲汀茫然地問，「父親他人又在哪裡？」

「盧西恩去休養了，他怕妳們擔心，請我幫忙代替他。」被人識破了身分，范倫不再隱瞞，更何況面前的三名少女可說是他看著長大的。

「休養？父親他生病了嗎？爲什麼不告訴我們？」貝芬妮迅速浮現多種可怕念頭，臉上流露惶恐。

「他就是怕妳們這樣胡思亂想才想瞞著。」范倫抖抖一身羽毛，雙翅一拍，飛到燈架上，順道與柯諾斯拉開距離。

公主的騎士著實太可怕，他懷疑對方剛才是眞的要扭斷自己的脖子。

「盧西恩說他太累了，想要休養一下，放個假……」范倫一五一十說出盧西恩男爵的計畫，「原本再七天他就會回來，誰都不會發現他曾出去過。誰知道……」

范倫仍然想不透，自己究竟哪裡露出了破綻？

他待在盧西恩身邊那麼多年，記下了對方的習性、言行舉止，模仿起來絕對不該輕易被視破。

就連在大宅裡工作許久的管家都沒察覺到他不是本尊。

「我有一次看到你使出魔法……」克麗絲汀細聲地說，「你的手指冒出火焰。父親是人類，不可能使用魔法。」

「還有你的飲食習慣。父親無肉不歡，他討厭青菜。」貝芬妮嘆了一口氣，「范倫你則是喜歡吃菜……只是我完全沒往這方面想。我們以爲這是一個陰謀，有不法分子想暗中取代父親。」

即使貝芬妮猜出自己的父親可能遭人取代，但她無論如何也不會想到是由一隻鳥變成的。

范倫慢了一拍，總算反應過來貝芬妮和克麗絲汀最近爲何如此反常。

他還以爲是因爲人類青少年的叛逆期，結果是她們早就發覺自己的不對勁，故意疏遠自己。

范倫不知道，貝芬妮和克麗絲汀不僅僅想疏遠他，還跑到地底下的訓練場，經過卡魯伊執念體的嚴苛訓練，想找機會對他下手。

「你眞的沒騙我們？」貝芬妮仍有一絲懷疑。

范倫給出保證，「盧西恩就在東邊村子休養，坐馬車一會就能到。明天我可以帶妳們去找他，包准讓妳們見到一個愜意養生的盧西恩！」

隔天一早，范倫實現了他的承諾。

爲了方便行事，也避免在宅邸內引發不必要的騷動，他仍然維持盧西恩的外貌。由他駕著馬車，帶領小熊、柯諾斯，以及三名女孩，前往昨夜提及的東邊村落。

快靠近村莊時，范倫先停下馬車與大夥商量，「同時出現兩個盧西恩會引起懷疑，我還是先變回原來的樣子吧。」

范倫變回藍幻金鸚的模樣，馬車接著由柯諾斯接手駕駛。

「盧西恩在村裡爲自己取了一個化名，叫作約翰。」范倫讓安琪拉抱著，漂亮的羽毛垂落在她裙襬邊，「我們現在過去，他應該在。」

入村沒多久，在馬車上就能聽到一陣喧鬧人聲自不遠處傳來，似乎正在舉辦某個活動。

「感覺好熱鬧啊。」小熊趴在窗邊，好奇地往外看。

貝芬妮她們也有些好奇，但更想早點見到自己的父親。
在范倫的指路下，眾人來到一幢不起眼的屋宅前。
安琪拉衝得最快，一下竄出馬車，跑上前去咚咚咚地敲門。
敲了好一會，門後卻沒傳來任何回應。
「父親不在？」安琪拉不解地回過頭。
「盧西恩住在這裡沒錯。」范倫很肯定地說，「那時還是我陪他一起過來的，不可能記錯。」
貝芬妮也下了馬車，屈指朝門板敲了敲，揚高聲音喊著，「父親？父親你在嗎？」
屋內依舊毫無動靜，反倒是隔壁屋子的大門打開了。
一名大叔探出頭，訝異的視線在馬車上逗留一會，接著轉向站在紅色門板前的安琪拉和貝芬妮。
兩名少女的打扮一看就是有錢人家的小孩，與這座村子格格不入。
「妳們來找誰？」

「我們來找父親，他叫作約翰……他住在這裡嗎？」

「他不在家喔。」大叔顯然認識盧西恩，一聽是對方女兒找上門，態度友善不少，「這個時間點，他應該是去賭馬了。」

「什麼？」貝芬妮懷疑自己聽錯，「賭……」

「哈哈，賭馬。我們村裡會固定舉辦賽馬，吸引外地客過來。」大叔對此頗爲自豪，「約翰很喜歡看賽馬，他手氣不錯，總是會贏一小筆。」

貝芬妮啞然好一會，才重新找回自己的聲音，向男人打聽賽馬地點在哪。

「姊姊，賭馬是什麼？」安琪拉不解地問。

貝芬妮與克麗絲汀不想回答這個問題，她們都需要一點時間冷靜一下。

說好的來村子裡休養呢？怎麼就變成跑去賭馬了？

范倫也沒料到這位老朋友在村裡找到新娛樂，他偷覷著綳起臉的貝芬妮與克麗絲汀，明智地保持沉默。

正如那位大叔所說，賽馬活動吸引不少外地人前來。

賽馬場外圍繞著許多人，馬匹的輸贏牽動眾人各種情緒。

有人興高采烈、手舞足蹈；有人垂頭喪氣，也有人惱怒地破口大罵。

「好耶，小鈴鐺又贏了，真不愧是我的勝利女神！」一名金髮中年男人開心地舉高手裡的賭票，恨不得能跑去場內，給贏得勝利的馬一記熱烈擁抱。

「約翰手氣也太好了，小鈴鐺明明之前狀態看起來沒那麼好……」旁邊的小鬍子男人羨慕地說。

「這都是運氣、運氣！」中年人哈哈大笑，大掌拍上小鬍子的肩膀，又朝其他幾人吆喝著，「等等我請客，大家一起去酒館喝一杯吧！」

一聽有免費的酒能喝，眾人立刻起哄歡呼，「喝喝喝，喝他個不醉不歸！」

「沒錯，這次也要不醉不——」

盧西恩偶然瞥見不遠處的幾道身影，愉快的笑容瞬間凍住。他不敢相信地揉揉眼睛，但那幾人還在，不是他的幻覺。

「約翰老兄，怎麼了？不是要去喝一杯嗎？」小鬍子瞧對方忽然呆住，不禁納悶地問了一句。

沒有回應，他身子僵硬，頭皮像要炸開。

大夥深感不解，想知道盧西恩是瞧見了什麼，一轉頭就見到不遠處站著好幾道醒目的人影。

「哪裡來的有錢人家小姐？」一人驚奇地嘀咕，「是跟著家人一起來看賽馬的嗎？」

「那隻藍色的鳥眞夠大隻，羽毛眞華麗啊……」

盧西恩嘴巴發乾，聲音像被哽在喉頭，不然他大概就會乾巴巴地接一句。

……是我家的。

三名金髮少女並肩站在一起，名貴的洋裝與精緻的打扮讓人一看就知道來自上層社會。

其中年紀最小的小女孩還抱著一隻羽毛華麗的寶藍色大鳥。

盧西恩看到范倫還有什麼不明白的，他請范倫假冒自己的事曝光了！

盧西恩下意識地搜尋起自家的馬車，畢竟她們三個人加一鳥總不可能是徒步找來的。

這一看，他眼珠子差點沒掉出來。

比起見到女兒出現在這的震驚，從馬車裡探出的身影才眞正讓他感到驚嚇。

亞倫泰王國的公主爲什麼會出現在這個地方？

還坐在他家的馬車上！

「殿殿殿……」

「約翰老兄？」盧西恩在村裡認識的朋友疑惑極了，「你還好吧？沒事吧？」

不會是因爲贏了太興奮，要失心瘋了吧？

這種事不是沒在村裡發生過。

但約翰並不是第一次贏錢了，這次也不過是小賺一把，應該不至於激動到出毛病吧。

「……我有事先走，喝酒的事下次再說！」拋下幾人，盧西恩大步地往女兒的方向跑去。

「父親！」安琪拉瞧見盧西恩過來，登時眉開眼笑。

「安琪拉、貝芬妮、克麗絲汀……妳們怎麼會過來這？」意識到自己手裡還抓著賭馬的證據，盧西恩趕忙把賭票往口袋裡一塞，裝作若無其事地問道。

「我們才想問父親剛剛在做什麼。」貝芬妮揚起一抹皮笑肉不笑的弧度，犀利的眼神像要射穿盧西恩的口袋。

「我那個是……跟村人交流一下感情。」盧西恩頓覺口袋的賭票像要燒起來般地燙手，他乾笑一聲，視線緊張地往小熊那處瞥，「殿下怎麼會和妳們在一起？」

小熊動動熊耳朵，聽見盧西恩的問話，主動揮揮手，「我剛好在你家作客，就陪三位小姐一起過來找你了。不用在意我沒關係，我還要謝謝你們這幾天的招待，你們先好好聊一聊吧！」

小熊從馬車跳下來，才剛站穩又被另一隻強健手臂撈起。

「我們去附近走走吧。」小熊對柯諾斯說，「貝芬妮小姐她們肯定想向盧西恩大人表達一下她們的想念。」

至於這個「想念」是名詞或動詞。

設身處地想一想……

要是老爸騙家裡人，說自己壓力太大，要去找個地方放鬆身心，結果卻發現他是跑去賭馬，還三不五時喝得爛醉……

嗯，她的拳頭絕對會硬到不行的。

不過在她拳頭硬之前，相信她老媽的拳頭會更硬。

三名少女母親早逝，都說長姊如母，貝芬妮一定會好好盡到她該盡的責任。

小熊還沒走遠，就聽到後方傳來了盧西恩的慘號。她覺得要給人留點面子，但眞心話是有熱鬧還是偷看一下好了。

她回過頭，然後由衷感歎卡魯伊執念體的特訓太有效果。

貝芬妮的勾拳與克麗絲汀的直拳……眞的太有力了！

被自己大女兒和二女兒打得鼻青臉腫的盧西恩男爵乖乖回家了。

管家見到男主人出門一趟不僅帶回失蹤一段時日的范倫，還負傷回來，忍不住大驚失色，以爲他是在街上遭到暴徒攻擊。

盧西恩不好意思說這是女兒打的，只含糊地說是自己不小心走路跌倒。

雖然那傷怎麼看都像是拳頭揍出來的，但管家的職業分際讓他選擇不多加追問主人私事，只盡責地爲盧西恩找醫生過來上藥。

柯諾斯稍微與小熊分開一陣。

據他說法，他是要去討報酬，但爲了給小熊驚喜，所以得避開她。

小熊沒想到報酬與自己有關，她想不透柯諾斯的打算，便懶得多想了。

想太多可是容易掉髮，拒絕早禿，從她做起。

上好藥的盧西恩邀請小熊到廳裡坐坐，正好小熊也要跟他說一下星光之柄的事。

再怎麼說也是從他家地底下找出來的。

范倫拍拍翅膀，兩隻爪子踩在盧西恩的肩膀上，這幅畫面看起來跟書房那張畫像一模一樣。

這幾天都是由范倫代替眞正的男爵接待公主，因此開頭由他說明，最後再換小熊補充。

得知自己父親原來還留下一抹執念體，一直以來都待在他不知道的地下訓練場裡，盧西恩花了一點時間心情才平復下來。

「我都不知道……」盧西恩心生愧疚，「要是我能早一點發現地下原來還藏有訓練場，我……」

「你也不能幹嘛。」范倫一針見血地說，「卡魯伊大人想訓練的又不是你，你去了也不會讓他心滿意足地消失。」

盧西恩道：「……你今天的蔬菜沒了。」

「你不能這樣對我！」范倫氣憤地想用嘴去啄他。

盧西恩眼明手快地一把箝住范倫的鳥喙，免得自己在公主殿下面前失了面子。

小熊體貼地不說破，早在這位男爵被女兒用直拳和勾拳痛毆時，面子便已經沒剩下多少了。

「盧西恩大人，勇者之劍的劍柄之後我會再還給你的。」小熊將獲得的劍柄放在桌上，劍柄上的細碎銀星泛著微光。

盧西恩慢慢撫過那個彷彿不曾被歲月侵蝕光輝的劍柄，再把它往小熊方向一推。

「殿下不還也沒關係。雖然是我父親留下的遺物，但我相信他更希望見到它能在適合的地方派上用場。殿下願意爲了打倒邪神而奔波，這份英勇令人敬佩。相較之下，我完全比不上。」

盧西恩苦笑一聲，他身上可還有著勇者之子的標籤，但即使如此，他也不曾想過去挺身而出。

他太清楚自己的實力，他就是個普通人，最大的念想就是讓三個女兒平安健康地長大。

安琪拉先不論，他的大女兒與二女兒都用事實證明她們確實健康得不得了。痛毆她們老父親的拳頭當真是強而有力。

回想起在村裡遭到的毆打，盧西恩忍不住想齜牙咧嘴。

自己父親的執念體把她們鍛鍊得也太厲害了。

「那關於勇者之劍的劍身……」小熊試著想從男爵本尊身上打探到更多情報。

「勇者之劍的事我不是很清楚，父親在世時的確沒多說。」盧西恩給出令人失望的回答，可下一瞬話鋒一轉，道出了讓小熊驚訝的事。

「殿下或許能去找找蜜莉恩和文森，他們是我父親以前的同伴，也是勇者小隊的成員。」

「他們還活著？」小熊第一時間脫口問道。

緊接著她霍然憶起護衛長曾跟她提過，勇者小隊由五人組成，其中三人已過世，兩人浪跡天涯、行蹤不明，難以確定是否仍在世上。

這麼說起來……蜜莉恩和文森就是跑去各地旅行的那兩位勇者？

「大家都以爲勇者小隊皆是由人類組成，其實蜜莉恩和文森是混血，因此壽命也比一般人類還長。他們是一對夫妻，和我們家的交情相當好。父親過世後，雖然減少了來訪次數。但後來他們前往世界各地旅行，也會固定一段時間寄明信片過來……請殿下稍等我一下。」

盧西恩起身離開，過不久再回來時手上多了一張風景明信片，想必就是蜜莉恩夫婦寄來的。

明信片一面是風景圖案，另一面簡短地寫著幾行字，看得出來筆跡分屬於不同的兩個人。

留言內容很簡單，僅是問候盧西恩一家，並提一下他們接下來打算去亞倫泰王國的西邊走走看看。

「這是二十天前寄來的。」盧西恩指著上面的日期，「那時邪神已經降臨在深淵之谷，王國也被封閉起來……」

小熊立時領會，「他們兩人肯定還在亞倫泰王國境內。」

西邊、西邊……深淵之谷也在王國的西邊。

蜜莉恩和文森會去西邊，說不定是想對邪神採取什麼行動。

想到這裡，小熊把手機拿出來查看，活動劇情的欄位仍停在「男爵的苦悶與煩惱」。

但點開地圖，原本代表著男爵宅邸的光點已經消失。

小熊想了想，也許是要等離開這裡後，新的劇情欄位才會解鎖。

「殿下，妳手上的那個是？」盧西恩驚奇地看著小熊手上的發光盒子。

「這是大祭司給我的。」有厚厚一層毛擋著，小熊不怕自己說謊會被看出來，「說是對我這趟旅行有幫助。」

盧西恩也不再多問，之後他給了小熊一本記載勇者小隊冒險故事的書。裡頭有一張小隊成員的畫像，右下角逐一標出人名。

蜜莉恩是唯一的女性，與文森站在最右邊的位置。

畫像明顯將幾人的特色捕捉出來，還簡單上了顏色。

蜜莉恩個子中等，五官圓潤，圓圓的臉蛋讓她有股青稚感，褐色的頭髮綁成幾條細辮，還有一雙酒紅色的眼睛。

文森是名高瘦的男人，有些不修邊幅，短短的銀髮像炸開的鳥羽，顯得蓬蓬鬆鬆，手與蜜莉恩緊緊交握。

小熊看看蜜莉恩，再看看文森，有一股奇妙的熟悉感浮上來。

當然不是曾在哪裡看過他們，她可是才剛穿進遊戲裡幾天而已。

「主人，怎麼了嗎？」柯諾斯連回到房間裡也是無聲無息。

小熊懶得再提醒這是她的房間，她抬起頭，目光對上床前的男人，疑惑霎時迎刃而解。

紅眼睛……銀頭髮……

結合這兩位勇者的最大特徵，不就是柯諾斯這個樣子嗎？

「這兩位，是不是跟你有什麼關係？」小熊直白地問。

柯諾斯視線一掃，雲淡風輕地否定，「沒有關係，我只跟主人妳有關係，也只想跟妳有關係。」

小熊：「……」

是限定跟毛茸茸的我吧。

尾聲

爲了盡快解鎖新劇情，小熊沒打算在盧西恩家多逗留，下午便向他們提出準備離開一事。

男爵千金們都有些依依不捨，希望她能再多留一陣。

小熊對她們也挺有好感的，而且住在這裡很享受，墮落的生活都要腐蝕她這個沒什麼見識的自由業了。

但想想月圓之夜前必須趕去深淵之谷爲邪神送外賣——外賣本體還是自己——小熊只能遺憾地與貝芬妮等人告別，但沒有拒絕對方派馬車送他們到鎮上另一端的好意。

馬車座椅上擺著一個包裝漂亮的紙盒，上面有張小卡片，寫著「給柯諾斯」。

小熊疑惑地看向柯諾斯，「你的？」

「向她們索要的報酬。」柯諾斯拿過紙盒，三兩下拆開綁得精緻的蝴蝶結。

小熊挺好奇柯諾斯跟貝芬妮她們要了什麼。

柯諾斯自是樂意滿足自己毛茸茸主人的期待。

打開盒子一看，裡面擺放幾塊黑白色的布料，還有一片白色的蕾絲布。

另外還有剪刀、捲尺等一看就是縫紉用的工具。

「我本來想讓那兩個人類小女生準備一套合妳尺寸的女僕裝。」柯諾斯重新收起布料和工具，「但又覺得手工縫製才能表達心意。主人，妳有沒有覺得很感動？」

小熊沉默地看著未來據說會變成一套迷你女僕裝的東西。

……謝謝，內心毫無波動呢。

比起未來得穿上女僕裝，小熊更想把那些材料搶奪過來，做出她的小蘇娃娃三號。

材料在手，好友的替身自然隨時都有。

並且為了彌補一號和二號的慘死，她一定會給三號一頭烏溜溜的秀髮，讓它沒有早禿的煩惱。

就在小熊踏出城鎮範圍的同一時間，放在包包裡的手機細不可察地微震了下。

新劇情欄位解鎖了。

如果小熊此時打開手機，就會看見第三個欄位亮起鮮明的色彩，一排優雅的花體字寫著——

你好，你掉的是金熊還是銀熊？

《乙女Game公主是隻熊！1》完

後記

歡迎來到後記時間～

感謝看完這本書，進入後記時間的你XD。

這好像是我第一次嘗試寫女主視角的輕小說，也是第一次比較著重感情線。

很努力地研究怎麼讓小熊和柯先生擦出火花。

希望能讓人看到最後，覺得這組CP磕起來很好吃。

寫小熊的時候，書名都還沒決定好，所以就很隨便地暫定叫小熊了。（喂

後來經過與編輯的各種腦力激盪，最後終於定下現在你們看到的書名。

《乙女Game公主是隻熊！》

這書名超可愛的，太喜歡啦～～

書名走乙女風路線，封面也是滿滿的乙女風格。

夜風大眞的太神，收到封面時忍不住一看再看，三看四看。

兩隻小熊（一人一熊）可愛得要命，書裡出現的主要元素也都呈現出來。

尤其是那個引人注目，台中人都懂的東泉辣椒醬。

只要把食物淋上東泉，食物就會擁有靈魂喔。

歡迎在吃麵、吃包子、吃水煎包、吃肉粽的時候，都淋上滿滿東泉！

除了東泉之外，台中人還想跟大家推另一款辣椒醬，叫作「源美」。

這款雖然沒東泉那麼出名，但也非常好吃，比東泉再稍微辣一咪咪。

要是哪天有來到台中的話，可以帶東泉或源美回家試試。

發現不知不覺變成辣椒醬宣傳，趕緊再把內容轉回到小說上面。

寫小熊眞的很快樂。

她感覺就像是我的發言人，把各種抽卡的悲慟心情都吶喊出來。

裡面很多都是自己的經驗，例如非到極致時的手氣，還有許多抽卡玄學。

但有沒有效眞的還是……嗚嗚，要看個人……

抽卡眞的太邪惡了！

特別是課金這種東西，只有零跟無數次，一踏進去就……就收不回那隻罪惡的手了。

小說裡的遊戲「星光爛漫之戀」，結合了自己玩過的幾款手遊體驗，當然最核心的就是那個抽卡，萬惡的抽卡……

看到代表五星的彩光出現時，眞的會興奮到不行。

但這種興奮最近都沒發生，所以我們的女主角小熊也只能看到一次，不能讓她比我快樂。（ㄍ

說到小熊，還有個重要人物一定要跟你們分享。

就是本尊其實沒出場，但替身活躍全場的小蘇！

雖然沒有嘴巴不能說話，但小蘇娃娃依然生動地陪伴在小熊左右。

寫她們一熊一娃也是快樂無比。

要是這份快樂能夠透過文字傳達給你們就太棒了！

希望大家看完這個故事，嘴角都會忍不住上揚～

預告一下，下集小蘇依然會大活躍，請大家拭目以待～

醉琉璃

心得感想區QR Code
歡迎大家上來分享唷！

乙女Game 公主是隻熊！

【下集預告】

穿越、變熊、打邪神。
小熊以為她已經夠不幸了。
但命運告訴她，還有更不幸。
突然天降巨鳥，迫使她和柯諾斯分開就算了，
為什麼還要拆散她跟手機——！

強迫中獎的湖中女神，
喊小熊寶寶的正港公主♂，
忘記勇者之劍藏在哪的勇者……
當武器和同伴收集完成，傳說邪神也逼至眼前。

為了回到自己世界，
為了課金抽來的三宮六院七十二男妃，
小熊公主左手東泉，右手手機，
今天也要奮力向前衝！

～完結篇～

2024國際書展，敬請期待！

國家圖書館出版品預行編目資料

乙女Game公主是隻熊! / 醉琉璃 著.——初版.
——台北市：魔豆文化有限公司出版：蓋亞文化有限公司發行，2023.12
冊； 公分.——（Fresh；FS217）
ISBN 978-626-97767-9-5（第1冊：平裝）
863.57 112020017

fresh FS217

乙女Game 公主是隻熊！①

作　　者　醉琉璃
插　　畫　夜風
封面設計　木木Lin
責任編輯　林珮緹
總 編 輯　沈育如
發 行 人　陳常智
出 版 社　魔豆文化有限公司
發　　行　蓋亞文化有限公司
地址：台北市103承德路二段75巷35號1樓
電話：02-2558-5438　傳眞：02-2558-5439
電子信箱：gaea@gaeabooks.com.tw
投稿信箱：editor@gaeabooks.com.tw
郵撥帳號 19769541　戶名：蓋亞文化有限公司
法律顧問　宇達經貿法律事務所
總 經 銷　聯合發行股份有限公司
地址：新北市新店區寶橋路二三五巷六弄六號二樓
電話：02-2917-8022　傳眞：02-2915-6275
港澳地區　一代匯集
地址：九龍旺角塘尾道64號龍駒企業大廈10樓B&D室
電話：+852-2783-8102　傳眞：+852-2396-0050
初版一刷　2023年 12月
定　　價　新台幣 270 元
Published and printed in Taiwan

ISBN 978-626-97767-9-5

FS217

乙女Game 公主是隻熊！①

魔豆文化　讀者迴響

感謝您在茫茫書海中選擇了魔豆，您的支持是我們最大的動力。
不要缺席喔，讓我們一起乘著夢想的羽翼，穿越時空遨遊天地！

姓名：	性別：□男□女	出生日期：　年　月　日
聯絡電話：	手機：	
學歷：□小學□國中□高中□大學□研究所	職業：	
E-mail：		（請正確填寫）
通訊地址：□□□		
本書購自：　縣市　書店		
何處得知本書消息：□逛書店□親友推薦□DM廣告□網路□雜誌報導		
是否購買過魔豆其他書籍：□是，書名：　□否，首次購買		
購買本書的動機是：□封面很吸引人□書名取得很讚□喜歡作者□價格便宜□其他		
是否參加過魔豆所舉辦的活動： □有，參加過　場　□無，因爲		
喜歡出版社製作什麼樣的贈品： □書卡□文具用品□衣服□作者簽名□海報□無所謂□其他：		
您對本書的意見： ◎內容／□滿意□尚可□待改進　◎編輯／□滿意□尚可□待改進 ◎封面設計／□滿意□尚可□待改進　◎定價／□滿意□尚可□待改進		
推薦好友，讓他們一起分享出版訊息，享有購書優惠 1.姓名：　e-mail： 2.姓名：　e-mail：		
其他建議：		

◎請沿虛線剪開、對摺、裝訂後寄出

◎請沿虛線剪開、對摺、裝訂後寄出

廣告回信 郵資免付
台北郵局登記證
台北廣字第00675號

TO：魔豆文化有限公司　收

103 台北市承德路二段75巷35號1樓

魔豆